浜風屋菓子話

日乃出が走る〈一〉新装版

中島久枝

ポプラ文庫

目次

浜風屋菓子話

日乃出が走る 一

《新装版》

一、風が吹いて、江戸の菓子屋の店じまい

頭の中で蟬《せみ》が鳴いている。耳をすませると、人の声だ。大勢の人が何か叫んでいる。

——行くな。行くな。戻っておいで。

十六歳の日乃出《ひので》は声をふりきるように大きな黒い瞳を空に向けた。暗い雲の隙間《すきま》に銀色の細い月が見えた。江戸一番の繁華街、日本橋《にほんばし》の大通り。どの店も板戸を閉め、ひっそりと静まり返っている。

駿河町《するがちょう》通りから細い路地を抜けると、そこは菓子司橘屋《たちばなや》の住まい。

——戻っておいで。そこから先へ行ったら、お前はもう戻って来られないんだよ。

月明かりに照らされた庭の枯草が霜《しも》で白く光っていた。如月《きさらぎ》の冷たい風が日乃出の袂《たもと》をふくらませた。だが、寒さは少しも感じない。心臓が早鐘《はやがね》のように激しく打って、胸が痛いほどだ。

震える手で板戸を引くと、きしんだ音をたてて人一人がやっと通り抜けられるほどの細い隙間ができた。その先には粘りつくような闇が広がっている。

頭の中の声が一瞬、止まった。

だが、次の瞬間、悲鳴のような叫びに変わった。

——頼むから、戻って来ておくれ。これが最後だ。

わんわんと頭の中で反響している。

静かにして。お願いだから、騒がないで。もう決めたことなんだから。

日乃出は叫び出したい気持ちを必死でこらえた。目をつぶり、大きく深呼吸して暗闇に足を踏み入れた。その途端、一切の音が消えた。静寂が刃物のように体に突き刺さった。

氷のように冷たい壁に左手をあて、暗闇の中をゆっくりと進んで行く。目指すは奥座敷。その床《とこ》の間《ま》にかけられた掛け軸だ。

わずか十歩ほどの距離のはずなのに、果てしなく長く感じる。やがて固い木の感触があった。そっと指をすべらせると紙に触れた。襖《ふすま》だ。

自分の息遣いだけが大きくあたりに響いている。静かに開く。その先も闇だ。だが日乃出には分かっている。左手の奥に床の間があり、そこに、あの掛け軸がかかっている。

懐《ふところ》にしのばせたかぎのついた棹《さお》を取り出し、床の間に近づく。

盗むのではない。取り戻すのだ。

子供の頃から毎日、見ていた掛け軸。おとっつぁんが大事にしていたあの掛け軸。橘屋の魂であり、日乃出が守っていくべきもの。

手をのばす。

その瞬間、肩に重みがかかった。固い男の手ががっちりと肩を摑《つか》んだ。

「ここで何をしている」

怒鳴《どな》り声とともに座敷の外に引きずり出され、灯《あか》りが向けられた。

「お嬢さん。どうして」

声が驚きに変わった。行燈《あんどん》の明かりの向こうに、番頭《ばんとう》の己之吉《みのきち》の顔があった。


江戸が東京と名前を変え、明治新政府が発足したのは半年ほど前。明治二年、二月、江戸の老舗《しにせ》菓子司橘屋が店を閉めた。日本橋本町《ほんちょう》に店を構え、御三家、大名家の御用も務める大店《おおだな》だった。間口は十間《じっけん》、瓦《かわら》屋根に白い漆喰《しっくい》壁、紺色の長のれんをかかげた店は、職人と手代《てだい》、女中、小僧が合わせて三十人ほどの大所帯。菓子屋番付に名を連ねるのは毎年のことで、店先は菓子を求める客でいつもにぎわっていた。

そんな事情が変わったのは明治維新で公方《くぼう》様も大名家もなくなったからだ。半年、一年とまとめていただくはずのお代は帳消しとなり、御用立てしたお金も戻らなくなった。

それだって今まで贔屓《ひいき》にしてくれたお客がついていれば、なんということもなかったはずだ。

だが。橘屋は菓子屋仲間の中でも、とりわけ公方様と懇意であった。当主の橘屋仁兵衛《じんべえ》は学問好きで日本国内はもとより、外国のめずらしい菓子の研究をしていた。

家定《いえさだ》公や家茂《いえもち》公、慶喜《よしのぶ》公も橘屋の献上する新しい菓子を楽しみにしていたという。慶喜公からは直々にお言葉をいただいたこともあったのだ。だが、明治新政府のお偉方はそれが気にいらない。橘屋の饅頭《まんじゅう》、羊羹《ようかん》は口に合わんと公言し、そうなれば下々もそれに従う。

さらに追い打ちをかけるように主人の仁兵衛が白河《しらかわ》の関《せき》で客死《かくし》した。会津《あいづ》に向かう途中、徳川《とくがわ》方の生き残りの侍《さむらい》に斬り殺されたのだという。

前の年の九月、若松《わかまつ》城が燃えて会津藩は降伏している。城下は焼けて菓子どころではないと聞いた。仁兵衛はなぜ、会津に向かったのか。いったい何があったのか。

残されたのは、十六歳の一人娘の日乃出だった。母親の妙《たえ》は五年前に亡くなっている。両親を亡くした日乃出は叔父《おじ》夫婦の家に引き取られることになった。叔父の泰兵衛《やすべえ》は同じ日本橋で千鳥屋《ちどりや》というかんざしの店を営んでおり、叔母《おば》の幾《いく》は母の妹で、十歳と八歳の息子がいる。

いよいよ明日は橘屋を閉めるという日、日乃出は叔父の家に向かった。千鳥屋は同じ本町にあるが手代が二人ほどのこぢんまりとした店で、店の奥の住まいも橘屋とは比べ物にならないほど質素《しっそ》だ。簞笥《たんす》や長持《ながもち》ちをおいていた北の隅《すみ》の部屋を片付けて、そこで日乃出が寝起きすることとなった。

夕食の席で叔父はなぜか機嫌がよかった。

「店は開くより、閉める方が大変なんだ。とくに、今度は店の大黒柱が急にいなくなった訳だから」

酒に酔った叔父の泰兵衛はさらに饒舌《じょうぜつ》になり、やがて話は父の仁兵衛のこととなった。たしかに菓子の評判は良かったが、あんなにいい材料を使っていてはいくらも儲《もう》けがでない。昔から利《り》は元《もと》にあるというのだ。今度のことがあって、橋屋の帳面を見せてもらって驚いた。自分だったら、もっと上手にやれたのに、惜《お》しいことをした……。

「日乃出のおっかさんが生きていた頃、店の帳簿を見てくれないかって言われたことがあったんだよ。なぁ、幾」

叔母の幾はうなずき、叔父の杯《さかずき》に酒をついだ。

「仁兵衛さんは商売気ってものがないから。入ったお金をみんな材料に使ってしまう。それに職人を甘やかしすぎる。暮れの餅代なんか、ほんの気持ちで十分。あんなに張り込むことはないんだ」

叔父はまるで自分が橋屋の主人になったような口をきいた。

日乃出は黙って聞いていた。

父は使用人を大切にした。みんなが一生懸命働いてくれるから橋屋の今があると、常々言っていた。奉公人には、六歳、七歳の子供たちもいる。その子供たちに読み書きそろばんはもちろん、口のきき方、人との付き合い方を身に付けさせ、一人前の大人に育てるのは店の責任だと考えていた。だから、橋屋にいたといえば、どこの店も信用した。故郷に帰って菓子屋を始めた者が、自分の息子を修業によこしたのだ。

そういう仁兵衛を母の妙は信頼していた。叔父の泰兵衛に帳簿を見てくれなどと
頼むはずがない。

日乃出は母の妙が、叔父をあまりよく思っていなかったらしいことを思い出した。

叔母が時々金の無心《むしん》に来ていたことも知っている。

日乃出は、ずっと気になっていたことを思いきってたずねた。

「叔父さん、あの掛け軸は残してもらえたんですよね」

「掛け軸、何のことだ」

泰兵衛は酒の酔いで赤くなった顔を向けた。

「奥の座敷にかけてあった掛け軸です。ひいおじいさんが、昔、越後《えちご》の寺の住職か
らいただいて、おとっつぁんも大事にしていた掛け軸のことです」

「ああ、あの古い掛け軸か。あれは、ない」

面倒臭そうに応えた。

「どうして。あの掛け軸だけは残してくださいと、お願いしたじゃないですか」

「そうだったかなぁ」

「そんな。忘れてしまったんですか」

「なんだ。お前は俺に意見するというのか」

不機嫌な様子になった。

「日乃出ちゃん」

叔母がたしなめた。

「叔父さんはね、今度のことで本当にあちこち走り回ってくれたのよ。みんなに頭を下げて、職人さんたちの心配もして。あんたがこうやって、この家にいられるようになったのも、叔父さんが話をつけてくれたからじゃないの」

「はい。すみません」

日乃出は頭を下げた。だが、納得はしていなかった。

あの掛け軸には「菓子は人を支える」という意味の言葉が書かれていると聞いた。橘屋の魂のようなものなのだ。曽祖父はその言葉を胸に刻んで向島《むこうじま》に小さな店を出した。父は何かを決める時、掛け軸の前に座った。

橘屋は店を閉めることになったが、橘屋の思いは消えたわけではない。日乃出が守って行こうと決心していたのに。

「不満そうだな。そういう依怙地《いこじ》な所は、お前のおとっつぁんにそっくりだ。だが、もう遅いよ。あの店も、店の中にあるものも、明日の朝になったら、谷《たに》様のものなんだ。そういう約束なんだよ」

谷様こと、谷善次郎《ぜんじろう》は横浜《よこはま》に本拠地をおく豪商だ。生糸《きいと》の貿易で財をなし、金貸しの土地持ち、船主で、劇場に料亭、茶問屋とさまざまな商売をしている。最近は東京にも進出し、今やその資産は大名家にも匹敵《ひってき》するという。

その谷善次郎が橘屋を買い、残っていた小口の借金も肩代わりした。すべては丸く収まったのだという。

その夜、布団《ふとん》に入ったが日乃出の目は冴《さ》えて、どうしても眠れなかった。

父の仁兵衛の顔が浮かんだ。母の妙の顔も見えた。お客でにぎわう店先や餡《あん》の甘い香りが漂《ただよ》う仕事場や奥の静かな茶室の様子が思い出された。

祖父や父が何十年もかけて築き上げた橘屋だったが、失われるときはあっという間だった。なんと儚《はかな》く、もろいものだろう。

日乃出は父の最期の姿を見ていない。旅立つ朝の後ろ姿を見送っただけだ。斬られたという報が入り、そのすぐ後で絶命したと言われ、茶毘《だび》にふされ、白い骨となった父が戻って来た。まだ、どこかで生きているような気がする。

そのせいだろうか。

それとも、橘屋を継ぐ者が日乃出一人だからだろうか。

あの掛け軸だけは、大切に持ち続けていたかった。

かつて橘屋という店があったことを、後《のち》の世に伝えなければならないと思った。それが橘屋に生まれた自分の使命ではないだろうか。

明日になれば、掛け軸は谷様のものになってしまう。そうなったら、二度と取り戻すことはできないだろう。今なら、まだ間に合う。掛け軸を取り戻すなら、今晩しかない。

だが、どうやって。

掛け軸は奥の間にかかっているはずだ。それを取りに戻るのだ。

それは、つまり……。橘屋に忍び込むということか。

日乃出は自分の考えの恐ろしさに震え、すぐに打ち消した。

そんなこと、できるわけがない。

だが、別の自分がささやいた。橘屋はまだ谷様のものではない。だから忍び込むのではない。家に戻るのだ。自分の家に自分の持ち物を取りに戻る。それのどこがいけないのだ。

また、別の自分がささやく。

それは詭弁《きべん》だ。理屈の上ではそうだが、それでは世間《せけん》に通らない。泥棒と言われても仕方ない。

日乃出は布団に深くもぐりこみ、しっかりと目をつぶった。

掛け軸のことはもう諦《あきら》めよう。無理なのだ。そうつぶやいた。

だが、耳元で別の声がする。

それでいいのか。そんな風に簡単に諦めてしまうのか。お前はいつからそんな意《い》気地《くじ》なしになったのか。今なら間に合う。だが、明日になったら、もう永遠に掛け軸は戻らない。おじいさんやおとっつぁんが大切にしていた掛け軸、橘屋の魂ともいうべき掛け軸を失ってもいいのか。

家の明かりが消えて、叔父夫婦も使用人も寝静まった。だが、日乃出の目は冴えている。耳元で様々な声が聞こえる。あるものは諫《いさ》め、あるものは鼓舞《こぶ》する。少しずつ、少しずつ、日乃出の気持ちは固まっていった。

橘屋を継ぐのは、自分だ。自分しかいないんだ。朝になったらすべては決まってしまう。そうなったらもう遅い。働いていた人たちはばらばらになって、掛け軸は谷様の物になる。やがて、みんなは橘屋という菓子屋があったことも忘れてしまうだろう。

それを許したら、自分はこれから胸をはって生きていくことができない。

父に言われた言葉を思い出した。

――まっすぐに、自分が今やるべきことをやりなさい。

日乃出は起き上がり、畳《たたみ》の上に正座した。

叔父さん、叔母さん、ごめんなさい。どうしてもあの掛け軸を人手に渡す訳にはいかないのです。

深く礼をすると、日乃出は叔父夫婦の家を抜け出した。

己之吉からの報せを聞いてかけつけた叔父は、日乃出の顔を見ると、真っ赤になって怒鳴った。

「どうして、こんな真似をしたんだ。自分のしたことが分かっているのか。この店のものは、もうお前さんのものじゃない。谷様のものなんだぞ。一両盗んでも死罪の法は明治の世になっても変わらない。知らない訳じゃないだろう」

叔父はなんとか穏便にすませてもらうよう、善次郎の店のものに頼み込んだ。


翌朝、日乃出は叔父と共に、芝《しば》の谷善次郎の屋敷に向かった。

ある茶人大名の別邸だったという屋敷は、田舎家《いなかや》のようなひなびた風情《ふぜい》でぐるりと雑木林に囲まれていた。通された座敷の床の間には、豆でもしまっておくのに良さそうな古ぼけた土の壺《つぼ》があった。

金持ちもこれみよがしに金銀で飾り立てるのは初手《しょて》の内で、やがてそれにも飽《あ》きると、あえて質素な風景を楽しむのだと、どこかで聞いたことがある。とすれば善次郎はすでに金持ちも名人の域なのか。

ずいぶん待たされて、善次郎が入って来た。

「あんたが欲しいという掛け軸とは、どんなものだね」

畳にすりつけるようにしていた頭をそっとあげた。

年の頃は五十のはじめか、役者絵から抜け出てきたような美しい顔をしていた。その顔に似合わない大きな耳が左右に飛び出している。これを福耳というのだろう。耳たぶが真綿でも詰めたかのように分厚くふくらんでいる。小紋の三つ重ねに黒紋付きの羽織《はおり》を着ていた。とびきり上等の絹地に違いない。羽織も小紋も色味が深く、つややかに光っていた。

目が合った。その途端、氷をあてられたように背中がぞくりとした。

瞳の奥底に鬼火のように暗い炎が揺れていた。

これが、谷善次郎か。

人は追いはぎ善次郎、あるいは今太閤《いまたいこう》と呼ぶ。

しじみ売りから身をおこし、巨万の富を築いた男だ。谷梢月《しょうげつ》という号を持ち、茶人としても有名で、無類の書画骨董好き。横浜の港を見下ろす野毛山《のげやま》の別邸に名品を集めているとも聞いた。

「ただのつまらない掛け軸でございますよ。初代が向島に小さな店を出す時に、懇意だった寺の住職から譲り受けたと聞いています。三代目であるこの子の父が大事にしていましたから記念にしようと思ったのでございましょう。橘屋以外の人間にとっては二束三文といいますか……」

泰兵衛がくどくどと弁解した。善次郎は無表情にそれを聞き流した。

「夜中に忍び込んでまで取り戻したい掛け軸とやらを私も見たい。ここに持って来なさい」

女中が掛け軸を運んで来ると、善次郎ははらりと畳の上に広げた。

「面白い字だな。箱がないのが惜しまれる。落款《らっかん》もなしか。何と書いてある」

たっぷりと墨をふくんだ太筆で勢いよく書かれた文字は、崩し過ぎて日乃出には読めない。文字は自在にはね、結び、強く訴えている。

「菓子は人を支えるという意味だと聞いています」

善次郎は一瞬、何のことか分からないという顔になり、それから破顔した。

「なんだ。お前は額の意味も知らずに、欲しがっていたのか。教えてやろう。秋風一夜百千年。秋風の中で御身と過ごすひとときは、百年、千年の歳月にも値するという意味だ。菓子とはまったく関係がない恋の歌だ。どこに菓子のことが書いてある。そもそも菓子が人を支えるなんてことができるのか。米ならわかる。命をつなぐものだからだ。だが、菓子はおやつではないか。それは菓子屋の思い上がりというものだ」

善次郎は馬鹿《ばか》にしたように鼻で笑った。

「いいえ。菓子だからできることがあると、父はよく申しておりました」

日乃出ははっきりと大きな声で応え、黒目勝ちの大きな目で善次郎をまっすぐ見つめた。

「これ、いい加減にしなさい」

叔父が日乃出の袖をひいた。だが、日乃出はひるまなかった。小さな丸い鼻、笑うと口元にえくぼができる。浅黒いひきしまった体つきの十六歳の娘は、豪商谷善次郎と真っ向から切り結ぼうとしている。

「菓子は誕生、婚礼、葬儀と人の一生の節目《ふしめ》に用いられます。また、正月、桃の節句《せっく》、端午《たんご》の節句と季節を彩るものでもあります。菓子は人をつなぎ、和《なご》ませる。だから、もし自分が悲しみでいっぱいになったとき、寂しさに押しつぶされそうな時、絶望しそうになった時、菓子を食べればいい。生まれてきたことを、生きていることを共に喜んだ人がいる。守りたい人がいると気づかされるはずだ。この掛け軸には、橘屋はそういう菓子を作っていくという初代の決意がこめられている。そう父に教わりました」

「なるほど。橘屋の魂という訳か」

善次郎はつぶやいた。

「ずっと昔、まだ若い頃、信《しん》とか忠《ちゅう》とか義《ぎ》なんてものが人々の美徳であった時代、あんたの父親、橘仁兵衛に会ったことがある。立派な商人だった。だけどな、もうそういう時代は終わったんだ。これからの時代に人を動かすのは、信でも忠でも義でもない。分かるか。金だ。金の力だ。新しい言葉で経済というんだ」

「いいえ。分かりません」

大きな声で応えた。

「はは。仁兵衛もそう言った。黒船が運んできたのは、そういう考え方だ。それに気づいた者だけが生き残り、新しい時代を謳歌《おうか》している」

日乃出は善次郎の言葉に惑《まど》わされるものかと、目を見開いた。父は人とのつながりを大切にする人だった。約束を守り、恩に報《むく》いようとした。それが人としての生き方だといっていた。人としての道に古いも新しいもないだろう。

善次郎は薄い笑いを浮かべた。

「その生き方が、仁兵衛を死に至らせたんではないのか。白河の関で徳川方の生き残りに斬られたそうだな。なぜ、白河の関まで行った。約束を果たそうとしたのか。恩に報いようとしたのか。それで命を落とし、店をつぶしたら何にもならないだろう」

「それでも、私は父の生き方は間違っていなかったと思います。私は父を誇りに思っています」

「仁兵衛に似て頑固だな。あい、分かった。よし。この軸、あんたにやろう」

思わず耳を疑った。そんなうまい話があるのだろうか。善次郎はふっと笑いを浮かべた。

「最近、私に意見する者が少なくなってな。すっかり退屈していたんだ。まったく面白いことを言う。だが、只《ただ》という訳にはいかない。条件がある」

「その条件とは、どんなものでしょうか」

叔父がおずおずとたずねた。

「私と勝負してみよ。百日の間に百両を作れ。自分の力で稼いでみよ。そして菓子が人を支えるということを、私に示してみよ」

「百両ですか……」

ううむという、唸《うな》り声が叔父の口からもれた。明治になっても両や銀といった貨幣の仕組みはそのまま残った。物の値段がどんどんあがり、貨幣の価値が落ちているといっても百両といえば大金だ。百両あれば小さな店が一つ買える。

「どうだ。橘屋の魂というのなら、百両など安いものだろう」

「わかりました。百両を作ります」

「ほう。何をして。お針でもするか。それとも女中奉公か」

「菓子をつくります。橘屋には薄紅《うすべに》がありますから」

善次郎の片方の眉がくいとあがった。

「橘屋には秘伝の菓子があると聞いた。それが、その菓子か」

薄紅は父の橘仁兵衛が苦労して作り上げた菓子で、ごく少数の特別なお客にだけ供された。卵と砂糖の生地を薄い紅色に染め、丸く焼き上げている。表面は陶器のようになめらかで、外側はさくっとして、中はしっとりとやわらかだ。それは今までにない食感と味わいで、食べた人はまず驚き、次に魅せられた。天上の音楽に例える貴人もいたし、醍醐《だいご》の味と賞賛した茶人もいた。薄紅の噂は人から人へと広まり、幻の菓子と呼ばれていた。

だが、仁兵衛は薄紅の作り方を誰にも教えなかった。いつも一人で仕事場にこもり、誰にも手伝わせなかった。薄紅の作り方は仁兵衛の死とともに消えてしまったのかもしれない。

「しかしその薄紅という菓子は、仁兵衛以外の誰も作れないと聞いているぞ」

「私は薄紅の作り方を知っています。仁兵衛の娘ですから」

日乃出は後先も考えずに応えた。本当の事を言えば、薄紅を食べたのもたった一度だけ、ずいぶん前のことだ。作り方など知るはずもない。

「ほっほう。あんたは薄紅の製法を知っているというのか。作ることができるというんだね」

「今はまだ作れません。でも、詳しい作り方を父から聞いていますから、練習すればできるはずです」

「確かだな」

善次郎の目が糸のように細くなって日乃出を見つめている。口から出まかせを言っているなら許さないという顔をしている。

「はい。知っております。作ることができます」

日乃出は胸を張って大声で応えた。

「よし、ならば勝負だ。百日で百両。期日は五月の末、二十九日だ。一日でも遅れたら掛け軸は戻らない」

叔父が日乃出の袖をひいている。

「今なら間に合う。謝りなさい」

日乃出は首をふった。ここで謝ったら橘屋は本当に終わりだ。掛け軸が戻らないばかりか、世間は橘屋という菓子屋があったことさえ忘れてしまうだろう。

「これが最後だ。あんたは薄紅を作ることができる。薄紅を作って、百両を用意するというのだな」

「そうです。薄紅で掛け軸を取り戻します」

自分の言葉に体が震えた。幕は切って落とされた。もう後戻りはできない。

「ほっほっほう」

善次郎は楽しそうに体を揺すって笑った。

「横浜にある知り合いを紹介する。いくばくかの金を貸している者でな、店子《たなこ》に菓子職人がいると聞いた。たしか浜風屋《はまかぜや》といったな。主は老人だが、腕は悪くない。菓子はよく売れているそうだ。その店で薄紅を作ってみるんだな。だが、百日で百両。なかなかの大仕事だぞ」

「もし、金ができなかったら、この子はどうなります」

叔父が押し殺した声をあげた。

「別にどうもならん。掛け軸は私の物だ。出来た金で小さな商いでもすればいい」

日乃出がうなずくと善次郎はすぐに証文を用意させた。叔父が保証人として名を連ねることを拒んだので、日乃出ひとりが名前を書いた。

こうして、掛け軸を賭けた日乃出と谷善次郎の勝負がはじまった。

二、あてがはずれて大福餅

日乃出は品川《しながわ》より先に行ったことがなかった。横浜ははるかに遠い所で、まさか自分が善次郎との勝負をかけて旅をすることになるとは思ってもいなかった。

若い娘一人の長旅は危ないと叔母に説得されて、叔父は渋々留吉《とめきち》という同行者を見つけてくれた。同じ町内の煮豆屋の手代で、横浜に住む娘に会いに行くという。まじめ一方を絵に描いたような男だ。

出発の朝、叔父は起きても来なかった。叔母だけが見送ってくれた。

その晩は品川で一泊した。日乃出の負けん気は品川に着く頃にはすっかりしぼんでしまった。子供の頃一度来たことのある品川は、再び訪れてみると記憶にあるよりずっと小さな宿場だった。にぎやかなのは街道沿いだけで、海辺にまわると漁村の風景が広がった。鉛《なまり》色の海は三角の白い波をあげ、潮《しお》を含んだ風が松林を吹き抜けていく。

鶴見《つるみ》はもっと淋しかった。枯れすすきの野原が延々と続き、さわさわと音をたてていた。その風景を眺めていると、日乃出は自然と無口になった。善次郎と勝負をしたことを後悔してはいない。だが、たとえ薄紅を作ることができたとしても百日で百両を作るのは並大抵のことではないと身に染みた。

横浜の浜風屋とはいったいどんな店なのだろう。松弥《まつや》という腕のいい職人がいると聞いた。その人はどんな人だろう。頑固だったり、意地悪でなければよいが。百日で百両を作るという話はちゃんと届いているだろうか。日乃出を快く受け入れてくれるだろうか。

大丈夫だろうか。やっていけるだろうか。

あれこれ先の事を考えて心配しても仕方ないと思いながら、日乃出は悩んでいた。うつむいて歩いている日乃出を心配して、留吉が声をかけた。

「少しは元気を出してくださいよ、お嬢さん。たしかに日本橋と比べたらどこも淋しいですよ。そりゃあ日本橋は日本一の繁華街ですから。だけど、心配することはありませんよ」

日乃出が顔をあげ、笑顔を作ると、留吉はほっとした表情になった。

「娘の話によれば、横浜には驚くことがたくさんあるそうですよ。港には黒船が何隻も停泊して、外国の人もいっぱいいるんです。ほら、瓦版《かわらばん》なんかに時々描いてあるでしょう。獅子《しし》みたいな鼻をして、ひげがもじゃもじゃ、髪は金色で目が青い。私は絵師が勝手に描いたものだとばかり思っていましたら、本当にあの絵の通りの人がいるんだそうです」

ペリー来航を経て、日米修好通商条約が結ばれたのが十年ほど前の安政五年。同年オランダ、ロシア、イギリス、フランスの四カ国とも同様の条約を結び、翌年、横浜は開港した。

なにもないひなびた漁村であった横浜村はわずか十年で一変した。堀と川で囲まれた地域が関内《かんない》、海に突き出た象の鼻と呼ばれた波止場《はとば》を中心に東側は外国人居留地となり、英米の公館、商館、船舶関連工場、病院、劇場が並ぶ。西側は日本人居留地で南北を走る馬車道《ばしゃみち》、東西を横切る弁天《べんてん》通り沿いには大店が並んで大変なにぎわいとなった。

関内から吉田《よしだ》橋を渡って野毛方面に至れば、吉原遊郭《よしわらゆうかく》と下田座《しもだざ》の芝居小屋のある歓楽街もすぐそこだ。もうじき東京と横浜の間を乗合馬車が走るし、電報というものも使えるようになる。そうなれば東京と横浜はもっと近くなる。今、横浜には全国から仕事を求め、夢を描いて人が集まって来ているそうだ。

横浜の吉田町通りに着いた時は、もう日暮れが近かった。

だが人通りは多く、店もにぎわっている。驚いたのは、店がみんな新しい。そして立派なことだ。

「とにかく、今、横浜は有卦《うけ》に入っているんですよ。力があるんです。どんどん物が売れるんですよ」

留吉に言われて、日乃出は気持ちが高ぶってくるのを感じていた。二日間歩きづめで重くなった足取りが軽くなった。

日本橋は人も多いが、古くからの店も多い。新しい客を摑むのは難しい街だ。でも、横浜なら、どんどん人が入って来るこの街なら、いいものをつくれば売れる。薄紅はどこにもない菓子だから話題になるだろう。百日で百両つくることもできるかもしれない。いや、きっと、できる。

浜風屋は野毛山の麓《ふもと》にある。都橋《みやこ》の一つ手前の通りを山に向かって登って行くと、陣屋《じんや》がある。その坂道の途中に乾物三河《みかわ》という看板が見えたら、その脇の路地を入ればよい、と教えられた。

日乃出と留吉は教えられた通り、野毛町のにぎやかな通りを折れて、山に向かって進んだ。登り坂のはるか先はうっそうとした林で、木々に埋もれるように陣屋の屋根が見える。

坂道をしばらく上ると、やがて道は急に細くなった。早春の日は暮れて、あたりは薄暗い。提灯《ちょうちん》に火を灯して、なおも先に進む。たずねる人もないままに雑木林に行きついた。その先に道はない。陣屋は雑木林のずっと先だ。

どうやら行き過ぎてしまったらしいと、今来た道を戻って来る。

気がつけば、また野毛の通りである。

曲がる角を間違えたのかと、もう一度、都橋まで行き、引き返す。やはり、さっき通った道に間違いはない。

注意深く、一軒、一軒看板を確かめながら坂道を登る。

「あ。ここだ」

日乃出は叫んだ。

古い二階家の入り口に、小さく三河屋の看板が出ている。

「いやあ。これじゃあ、見落とすのも無理ないですよ」

留吉もほっとしたような声を出した。

三河屋の脇は丈高く雑草が生い茂り、それが枯れて藪《やぶ》のようになっている。だが、よく見れば人の通った跡がある。どうやらそれが路地らしい。いや、路地というより猫の通り道と言った方がよさそうな塩梅《あんばい》で、目をこらしてよく見れば、枯草の向こうに今にも倒れそうな古く、小さな店が見えた。提灯を掲げると、雨風にさらされて消えそうな看板の文字が読めた。浜風屋と書いてある。

「あれまぁ。これはまるで……。ここで本当に御商売をされているんでしょうか」

情けない声をあげたのは留吉の方だった。日乃出は声も出なかった。

松弥という年老いた菓子職人がやっているこぢんまりした店だと聞いていた。だが、これほどまでに小さく、そして荒れているとは想像していなかった。第一こんなに奥まって草が茂っていて、どうやって客を集めるのだ。

「小さくたっていい御商売をなさっている店はいくらもありますよ。ここで、お店をなさっているということは、お客さんがわざわざ足を運んでくれるということでございますからね」

留吉がとりなす言葉を聞きながら、日乃出は店の戸に手をかけた。立てつけの悪い戸はきしむばかりで、一向に開く様子がない。二人がかりで力任せに引くと、大きな音を立てて開いた。

「ごめんください」

薄暗い店の中を提灯の明かりが照らした。入口を入ったすぐは土間《どま》で、その奥は腰かけられるほどの高さの板間で広さは二畳ほど。脇には二階にあがる階段があり、板間の奥の戸の向こうは仕事場になっているらしい。掃除もろくにしていないらしく、土間に黒い汚れがこびりついている。黴臭《かびくさ》いような、すえたようないやな臭いがこもっていた。本当にここは菓子屋なのだろうか。

「悪いな。今日は店じまいだ」

奥の戸が開いて男が顔を出した。

男の背丈は六尺余り、低い天井に頭がつきそうだ。藍染《あいぞ》めの着物の袖から伸びた腕はこん棒のように太い。もじゃもじゃとちぢれた髪を乱暴にひもで結《ゆ》わえてまげにしている。えらの張った顔に太い眉《まゆ》、厚い唇、鼻梁《びりょう》の張った鼻、ぎょろりと大きな目。どこかで見た顔だと思ったら、浅草観音《あさくさかんのん》の仁王様《におう》である。

「松弥さんはいらっしゃいますか」

「松弥のじいさんは死んだよ。一年前だ」

仁王様はその顔にふさわしい低い声で応えた。

「亡くなっているんですか」

日乃出は驚いて大声になった。

「あんた、だれだ。松弥のじいさんに何の用だ」

「今日から、ここで働くことになっている橘日乃出です」

「日乃出って、あんた女か」

今度は仁王様が驚いた顔になった。

「なんだよ、騒がしいねぇ」

そう言って奥の仕事場から男が顔を出した。ひょろりとやせて手足が長い。色白の小さな顔に細筆ですっと描いたような目鼻がついている。仁王様と同じく藍染めの着物を着ているから、この男も職人なのか。芝居小屋から抜け出てきた女形《おやま》ではないのか。

「いやだ。下働きの奉公人って、あんたなの」

下働き。

日乃出は自分の耳を疑った。

話が全然違う。苦いものがこみあげてきた。草ぼうぼうの路地で驚き、店の古さ、小ささでがっかりした。それでも、まだなんとか希望を持っていた。けれど松弥という職人はもう死んでいていない、日乃出は下働きということになっていると聞かされて、打ちのめされた気がした。

この店でいったいどうやって百日で百両を作れというのだ。そんなことは夢のまた夢。日乃出はだまされたのだ。最初から追いはぎ善次郎は掛け軸をくれるつもりなどなかった。口ではやさしいことを言って、とうてい客の来そうもない店に追いやった。

日乃出は怒りで体が震えてきた。絶望で目の前が暗くなる。突っ立ったまま言葉が出ない。仁王様はこちらを睨《にら》んでいる。

「ああ、私はこれで。お嬢さん、それではお達者で」

事の成り行きを察した留吉はそそくさと店を出て行った。

「ふうん。あんた、お嬢さんなんだ。三河屋さんから聞いた話とはずいぶん違うみたいだね」

女形が体をくねらせて言った。

仁王様は浜岡勝次《はまおかかつじ》といい、年は二十八。女形は角田純也《かくたじゅんや》で二十一という。浜風屋は江戸で腕を磨いた松弥が開いた店で、季節の生菓子から大福、羊羹とさまざまな菓子をおいていた。どれをとっても一級品だと遠くから買いに来る客もいたが、その松弥は一年前に風邪をこじらせて亡くなってしまった。松弥は身寄りがなかったから、店を手伝っていた勝次と純也がそのまま店を預かることになったのだという。

首をのばして奥の仕事場をのぞけば、鍋や釜が乱雑に積み重ねられ、夕餉《ゆうげ》に使ったらしい皿小鉢がそのまま残っている。板間の脇に急な階段があるので、二階は二人の住まいになっているのか。それにしても仁王様のような勝次と女形のような純也はどう贔屓目に見ても菓子職人らしさが感じられない。一体、どんないきさつで浜風屋を手伝うことになったのか。一人前の菓子職人といわれるまでには十年はかかる。この二人の腕はどれほどのものなのか。日乃出は不安な気持ちで二人をながめた。

「人手は二人いれば十分なんだけど、奉公人を入れてほしいって大家の三河屋さんから頼まれてさ。仕事を覚えたいから店に住んで、飯が食べられればいいっていうから、それならって受けたけど、まさか、あんただとはな」

勝次が困った顔になった。

「女中をおく余裕はないんだ」

「女中に来た訳じゃありません。菓子の仕事をするつもりです」

日乃出は自分が日本橋の橘屋の一人娘であること。家に伝わる掛け軸を取り戻すために谷善次郎と約束をしたことを話した。

谷善次郎の名前を聞いた途端、純也は目を丸くして驚き、次に笑い出した。

「あんた、馬鹿じゃないの。この店でどうやったら百日で百両出来るのよ。百年あっても無理だと思うわよ」

「だから、薄紅という菓子を作るんです」

日乃出はおとっつぁんが作っていた薄紅という菓子の説明をした。

「卵と砂糖の生地を薄い紅色に染めて、丸く焼いた菓子なんです。表面はさくっとして、中はしっとりとやわらかで、表面は瀬戸物みたいにつるっとなめらかで。その作り方はおとっつぁんしか知らないんです」

「その菓子を、あんたが作ろうっていうのか。どうやって作るつもりだ。だいたい、あんた、その細い腕で餡が炊けるのか。小豆《あずき》の袋をかつげるのか。それとも、俺たちに指図するつもりか」

「指図するつもりはないです。自分で薄紅を作ります」

「へ。女の職人なんて聞いたことがねぇや」

勝次が吐き捨てるように言った。

「あなたが聞いたことがなくても、私はそういう約束で来ているんです」

日乃出はここで負けてはなるものかと、勝次を睨み返した。

「まぁまぁ、そうとんがらないでよ。もう、今日は遅いから寝て、明日、ゆっくり話し合いましょう」

純也が割って入った。

「寝るって、どこで寝るんだよ」

勝次が初めて気づいたように応えた。

「だから、あたしたちは二階で、この子はここに布団を敷けばいいでしょう」

板間を目で指し示す。

「そりゃあ、いかん。いかんよ」

あわてたように大声を出した。

「一つ屋根の下に、この娘を泊めたとなっちゃあ、まずい。世間様になんと言われるか。そういうことは許されねぇんだ。ちょっと三河屋の定吉《さだきち》さんに話をしてくる」

そそくさと勝次は出て行った。

なかなか戻らないので手持ち無沙汰《ぶさた》になったのか、純也が菓子箱を持ってきた。

「お腹すいただろう。ひとつ、お食べよ」

売れ残ったらしい豆大福が並んでいる。

「二人で作ったんですか」

「そうよ。右が勝次、左があたし。よく二人の性格が出ているって言われるわ」

純也がにっこりと笑った。勝次が作ったという大福は定規《じょうぎ》ではかったように角張っている。一方、純也の豆大福は大きさもばらばらだし、形もいびつだ。餡がはみだしているものもある。まるで子供が作ったようだ。

勝次の大福はまじめすぎて、食べるほうも緊張しそうだ。ならば純也の大福の方がおいしそうかといえば、そうとも言えない。

日乃出は困って、純也の大福をとった。

ごりっと何かが歯にあたった。溶《と》けない砂糖の塊《かたまり》だった。餅は表面がかさかさに乾いているくせに、嚙めばぐにゃりと気持ちの悪いのび方をする。中の粒餡ときたら、薄甘いだけで小豆の味がしない。おからを食べているようにもそもそした。どうしたら、こんなにまずい大福をつくれるのだろう。いくら飲み込もうとしても、大福は口の中に留まってのどを過ぎていこうとしない。これでは、とても売り物にならない。

日乃出は涙目になった。

「遠慮しないで、まずいって言ってもいいのよ」

純也が言った。

「自分でもそう思うもの。松弥のじいさんに習った通りにやっているんだけどね」

大きなため息をついた。

「松弥のじいさんの作る菓子をあんたにも食べさせてやりたかったわよ。そりゃあ、もう、豆大福だって、黄身しぐれだって、金つばだって、おいしいのよ。ほっぺたがおっこちそうよ。それにきれいなの。春は桜、秋には菊、正月には雪をかぶった松っていう具合に、季節の生菓子を作るのよ。居留地の外国人が、これは菓子か。芸術じゃないのか。こんな素晴らしい菓子は自分の国にはないって驚くわ。こんな小さな店だけど、注文はさばききれないくらいあったのよ」

「でも、松弥さんは亡くなったんですよね」

「そうなの。あたしたちに技を伝える前にね」

純也は肩を落とした。

「一年前でしたっけ」

「風邪ひいて、あっけなく。とっても元気な人だったのに。あたしも勝次も、松弥のじいさんの菓子の腕と人柄に憧れていたから、そりゃあ、もうがっかり。でも、ほかに行くところもないしね。三河屋のおやじさんに頼んでおいてもらっているのよ」

日乃出は恨めしそうに豆大福を眺めた。

頭の中には暗い横浜の海が見えた。百両と掛け軸が波間に見え隠れしながら沖に流されていく……。

「ねぇ、あんた、谷善次郎に会ったんでしょう。手の平を見た？」

突然、純也がたずねた。

「谷善次郎の手相は太閤秀吉《ひでよし》とそっくりなんだって。太い運命線が手首のところから中指の先までぐいぐい伸びているんだってさ。本当にそんな風だった？」

興味津々という顔で日乃出を見ている。

「手相は分からないけど、すごい福耳でした。耳たぶに綿でも入っているんじゃないかと思いました」

「へぇ」と純也は膝《ひざ》をたたいて笑った。「いやだ。そんなすごい福耳ってあるの。おかしいわ」と笑い続けている。

その時、外で大きな声が聞こえて、板戸ががらりと開いた。

「いやぁ、悪かったね。今日、来るとは思わなかったんでね。それにしても、早かったね。日本橋から来たんだろう」

三河屋の主人、定吉だと挨拶《あいさつ》した。小さな丸い体に銀杏《ぎんなん》のようにつるりとした禿《は》げ頭がのっている。その後ろに、ころころとよく太ったおかみさんのお豊《とよ》と、お豊をそっくりそのまま若くしたような、娘のお光《みつ》の顔がある。

「いやさ、谷善次郎さんに娘を一人預かってほしいって頼まれていたんだよ。こっちもちょっと忙しくてね、勝次さんに詳しい話を伝えてなかったんだ。あんた、あれだろ、善次郎さんに盾《たて》ついたんだってな。大した勇気だ。善次郎さんもよっぽど珍しかったんだろう」

定吉は何がおかしいのか、大きな声で笑った。

「うちは善次郎さんにはいろいろ世話になっているから、頼まれたら嫌だとは言えないんだ。引き受けてくれたら、こっちの借金もちゃらにしてくれるって言うしさ。勝次さんも、純也さんも私の顔に免じて、この子をしばらくおいてくれないかね。なに、三月《みつき》ほどのことだからさ」

のんきな様子で言った。

定吉は横浜村の漁師の生まれで、六歳で乾物屋の小僧に入った。善次郎から借りた金で三河屋をはじめたのが二十年前。開港したばかりの横浜に人はどんどん集まってくる、品物は海からも陸からも入ってきて右から左へと売れていく。当然のことながら物の値段はどんどんあがる。今日一両で買えたものが、明日は二両、明後日は三両だ。だから、金なんか貯めていても仕方がない。借金しても物を買え、土地を買え、店を買えということで、気がつけば馬車道と吉田町に乾物屋二軒と米屋、酒屋を持ち、今度は鮮魚店を出そうかという羽振りの良さだった。

「ここは一番に出した店だから小さいけど、馬車道にこの五倍くらいのでっかい店があるんだよ。暇があったら一度見に行くといい。橘屋さんも大きかったろうけど、うちだって負けちゃいないよ」

定吉は自慢そうに鼻をふくらませて日乃出に言った。

ともかく、しがない手代の定吉に金を貸し、商いとは何ぞやと教えたのが谷善次郎である。善次郎がいたから今の三河屋がある訳で、その善次郎の頼みを断る訳にはいかないと定吉は繰り返した。

勝次は口をへの字に曲げた。

「それにしたって、ここに三人で寝泊まりするって訳にはいかないよ。嫁入り前の娘さんに妙な噂がたっても気の毒だ」

おかみさんのお豊が言えば、「そうよ。おっかさんの言うとおりだわ」とお光が口をはさむ。

「そんなこと言ったって、お前。じゃあ、どこに寝てもらうんだよ」

定吉が腕を組んだ。

「うちの二階があるじゃないの。お光の隣の部屋を貸せばいい」

お豊が言って話は決まった。

日乃出は三河屋の二階で寝泊まりすることとなった。


灯りが消えて、家の中はしんとなった。布団は重く冷たく、黴臭い。だが、とにもかくにも日乃出は浜風屋に到着したのだ。

掛け軸を取りに橘屋に行ったのは三日前のことなのに、はるか昔のことのように思われた。

善次郎の屋敷で百日で百両という証文を交わし、千鳥屋に戻ってからも叔父の泰兵衛は怒り続けていた。

「あいつは追いはぎ善次郎なんだぞ。日乃出に薄紅を作らせて、うまく出来たらその製法を取り上げる。出来なかったら、なんやかや言ってお前を働かせる。その魂胆が分からないのか」

叔父は繰り返した。

父の仁兵衛が死ぬと、すぐに証文を持った借金取りがやって来た。橘屋をなんとか残そうと叔父は奔走《ほんそう》したが借財は思いのほか多く、橘家に伝わった掛け軸や茶道具を売り払っても到底間に合うものではなかった。店を閉めるかもしれないと噂が流れれば職人たちも浮き足立って、収拾がつかなくなった。菓子屋仲間に店を居《い》ぬきで買ってもらおうとしたが、どこも懐《ふところ》は苦しくてそれどころではない。谷善次郎のところで話が決まって、なんとか混乱が納まったのだ。

その苦労はだれのためだったのか。亡くなった仁兵衛のため、妙のため、一人残った日乃出のためではないか。

「あっちこっちに頭を下げて、なんとか穏便にすませようとしたこっちの努力は水の泡だ。もう少し利口《りこう》な娘かと思っていたけどな、お前にはがっかりだ」

叔父は捨て台詞《ぜりふ》を残して部屋を出て行き、二人の息子たちも恐れをなして早々と自分たちの部屋に引き上げ、叔母と日乃出だけが残った。

「叔父さんをあんなに怒らせて、あんた、どうするつもりなの。叔父さんはあんたと縁を切るつもりでいるよ。そうなったら、もう、ここには戻って来れないよ。親がないんだから、頼れるのは親戚だけなのに。その親戚とも縁が切れたら、あんた、本当に一人ぼっちになってしまうんだよ。そうなったら、もう誰もあんたのことを心配してくれない。世間様がどんなに冷たいか、あんたはまだ知らないんだよ」

叔母の目がぬれていた。

「本当にそれでいいんだね」

念を押されて日乃出はうなずいた。

「自分で、そう決めたんです。それで、いいんです」

そう応えると、叔母は諦めたようにため息をついた。

「その強情な所は、誰に似たんだろうねぇ」

日乃出は重い布団の中で体を丸め、冷たい足を抱えた。

あの時はまだ、叔母の言葉の意味が分かっていなかった。大店の娘としてみんなに大事にされて、それが当たり前だと思っていた。

目を閉じると広くまっすぐに続く、日本橋の大通りの風景が浮かんだ。橘屋の三軒先は天下の豪商、越後屋だ。紺ののれんがはためき、中をのぞけば手代達が笑みを浮かべ、色とりどりの反物《たんもの》を広げている。その反物ときたら、上野《うえの》の山の桜と紅葉がいっぺんに来たようにあでやかだ。鰹節《かつおぶし》、酒屋、金物屋と老舗の店が続き、大通りは朝から夕方まで人通りが絶えることがない。物売りに大道芸人、駕籠《かご》に乗ったお大尽に、着飾った女たち。ずっと進んで行けば北の橋詰《はしづめ》。一日千両が動くと言われる魚河岸《うおがし》だ。鱚《きす》や穴子《あなご》など江戸前の魚にはじまって、房総《ぼうそう》の鮑《あわび》に伊勢えび、三《み》浦《うら》の鯖《さば》に伊豆《いず》の金目鯛、上方《かみがた》のめずらしい魚だって手に入る。その先には野菜に米に味噌、醬油と商店が続く。おいしい食べ物屋が軒《のき》を連ね、おしゃれな物も贅沢な物も、何でもある。

日乃出は日本橋で生まれて、そこで大きくなった。毎日がお祭りのようににぎやかで、晴れがましく、どっしりとした歴史に支えられた場所。それが日本橋。日乃出のいた世界。

その町で大切に育てられてきた。

世間の風の冷たさも、暮らしていくことの厳しさも、何も分かっていなかった。

日乃出は襟元から冷気が入らないよう、布団をぐっと引き上げた。

後悔はしていない。

掛け軸を取り戻すため、橘屋の住まいの板戸を開き、暗闇に足を踏み入れたあの瞬間から、日乃出は変わってしまったのだ。

おじいさんやおとっつぁんが大事にしていた、橘屋の魂ともいうべき掛け軸を取り戻す。そのために、それまでの暮らしの一切を捨てたのだ。

ならば、掛け軸を取り戻したら、その先には何があるのだ。

日乃出は暗闇を見つめた。

――橘屋を興《おこ》すんだ。

どこからか声が聞こえた。

もう一度、今度は日乃出の力で、新しい橘屋を作るのだ。おじいさんが夢に描き、おとっつぁんが目指していた橘屋を築くのだ。それは日乃出にしか出来ないことだ。日乃出に与えられた使命なのだ。

あの古い、小さな浜風屋で百両を作れるのかとか、勝次や純也と仲良くやっていけるのかとか、さまざまな迷いが頭をかすめ、消えていった。

考えても仕方がない。

橘屋を再興することが、日乃出に与えられた仕事なら、それはいつか必ず、到達できる。ちゃんと道が用意されているのだ。

谷善次郎は菓子は人を支えると言ったら笑った。信とか忠とか義とかいう物が重んじられた時代は終わった。これからは金の力が世の中を動かすのだと述べた。

そんなことがある訳はない。時代が変わっても、菓子の思い出は人を支える。おとっつぁんが大切にしていた、信とか忠とか義が今でも人々の心棒にあることを教えてやるのだ。

日乃出は黒い大きな瞳で暗がりを見つめ、何度もうなずいた。

翌朝、まだ暗いうちに日乃出は布団から飛びだした。浜風屋に行くと、勝次も純也もまだ眠っているようだった。仕事場には昨夜見たままに、汚れた皿小鉢が置かれ、鍋や釜が乱雑に積み重ねられていた。床はいつ掃除をしたのか、落ちた粉がこびりついていて部屋の隅には蜘蛛《くも》の巣がはっていた。こんな汚れた仕事場で菓子を作って、おいしいものが出来る訳がない。日乃出はがっかりするより、腹が立ってきた。

「悪いけど、勝手にあちこち触らないでもらえるかな」

勝次の声がした。

「すみません。洗い物でもしようかと思ったんです。おはようございます。今日からよろしくお願いいたします」

日乃出は丁寧《ていねい》に頭を下げた。

「三河屋さんに頼まれたから、あんたを置くことにしたけれど、俺たちはあんたの勝負とやらには関係ないし、興味もないから。そっちはそっちで勝手にやってくれ」

勝次はくるりと背を向けた。

「私が何か、お手伝いできることはありますか」

「いや、いい」

「だったら床を掃除しましょうか」

「これから大福をつくるんだ。後にしてくれ」

「鍋を洗いましょうか」

「だから、こっちのことはこっちでやるから。あんたは隅でその薄紅とやらを作っていたらいいだろう」

勝次が意地の悪い顔で見た。薄紅の材料を買おうにも、金がない。持ってきたわずかな金は旅費に消えた。

「それで飯はどうするんだ。自分の食い扶持《ぶち》は自分で稼いでくれるんだろうな」

追い打ちをかけてきた。

「それとも下働きをするか」

にやりと笑った。

「勝さん、そんな意地悪を言うもんじゃないよ」

二階から降りてきた純也が大きなあくびをしながら言った。

「別にこの子が浜風屋を乗っ取ろうという訳じゃないんだからさ。いっしょに仲良く、仕事をしてくれって三河屋さんにも言われているだろう」

純也は日乃出の方を向いて言った。

「気を悪くしないでね。根は悪い人じゃないんだ。ただ、急な話でびっくりしているだけだよ。とりあえず、朝ご飯にしよう。あんた、かまどの火をつけてくれる？」

日乃出は困った顔になった。火をつけたことがなかったのだ。

「なんだ。あんた、かまどの火もつけられないのか」

驚いた声を出したのは、勝次だった。

「それでどうやって菓子を作るつもりなんだ」

「橘屋のお嬢さんだもんねえ。しょうがないよ」

純也が水桶を二つ手渡した。

「路地の途中に三河屋さんのつるべ井戸があるの。水はそれをもらっているのよ」

日乃出は井戸端に向かった。つるべ井戸というのは滑車を使って水をくむ井戸のことだ。縄の先についた桶を落とし、縄を引いて持ち上げる。滑車が重さをそぐので、力のない女や子供でも水をくむことができる——というのは理屈だ。日乃出だって、橘屋の女中が水をくんでいるのをいつも見ていた。だが傍《そば》で見るのと、実際に自分でくむのとは大違いだ。途中で桶が傾《かし》いで、桶の底にしか水が入っていない。何度繰り返しても同じことだ。

五回も六回も水をくんで、やっと持ってきた水桶ひとつが満杯になっただけだ。夢中になって井戸で桶と格闘していたら、横から純也が桶を取り上げた。

「こうやってまっすぐ桶を落として、そのまま、素直に引っ張るの。いいわよ。今日は、あたしがやるから」

日乃出はしゅんとなった。

かまどの火もつけられない、水もくめない。簡単な仕事も満足にできない。そういう自分が情けなかった。

浜風屋に戻ると、勝次がかまどに火をつけていた。くんで来た井戸水で湯を沸かし、刻んだ菜っ葉と残り物の大福を入れ、汁にした。それが朝飯。味つけは塩だけだ。やがてお膳に三つのお椀が並んだ。特大の器は勝次用。その半分くらいの大きさが純也と日乃出だ。

お椀の中には汁がなみなみと注がれ、大福が浮かんでいる。汁は塩味で、大福は甘い。一体、どんな味がするのだろう。

考えていると、勝次がお椀を手に取った。大福を二口ほどで飲み込むと、一気に汁を流し込んだ。あの食べ方では、味など分からないだろう。純也は大福を少しかじって、中の餡を汁に溶かしている。日乃出は純也の食べ方の真似をした。汁粉を湯で溶いて、塩を加えたような味がした。

勝次は食べ終わるとすぐに立ち上がり、外に出て行った。純也はごろりと板の間に寝そべると「あーあ。お腹がいっぱいになると眠くなるのはなぜかしら」とつぶやいた。日乃出が器を片付けようとすると、袖を引いた。

「少しゆっくりしなさい。どうせ、そんなに仕事なんかないんだから」

やがて裏の方から勝次が剣の素振りをする声が響いてきた。

ようやく仕事に取り掛かったのは、昼少し前だった。おこわを炊いて餅をつき、大福にする。勝次と純也で餅をつきはじめた。仕事場の台の上には大福に入れる餡が載っている。日乃出が餡を丸めようと手をのばすと、勝次がぎろりと見た。

「ここではそれぞれ餡を丸めて、自分で包むんだ。今日は五十個作るから、あんたは自分の分、十個だけ餡玉にすればいい」

餡は昨日純也にもらったのとまったく同じで、妙に黒っぽく、ときどき茶色のかけらが混じっていた。水っぽく、手にべたべたとついて、うまく丸められない。

こっそり小豆を入れた壺を開けてみた。壺の底にしなびて、ところどころ色の変わった小豆が入っていた。去年か、一昨年《おととし》の豆か。売れ残りの豆を安く買ったに違いない。砂糖壺には、茶色の砂糖の固まりが入っていた。

昔から菓子屋は材料八分に腕二分というのだ。どんなに腕がよくても、材料が悪ければいいものができない。橘屋が丹波《たんば》から仕入れる小豆は、仁兵衛が選りすぐったもので、大粒で丸々と実って、つやつやと光っていた。砂糖は和三盆が阿波と讃岐、白砂糖は伯方や中国。そのほかザラメ糖や黒砂糖など、菓子に合わせて何種類も使い分けるのだ。

いくらお金がないといっても、こんな小豆や砂糖でおいしい大福ができる訳がない。日乃出は悲しくなった。

「さぁ、俺たちも大福を包むか」

つきあがった餅を勝次がそれぞれの脇においた。

二人はそれぞれ自分の分の餡を丸め、餅で包んでいく。勝次は秤《はかり》を取り出して、一個一個重さを計りながら丸める。純也は鼻歌をうたいながら適当に餡をつまみ、これまた適当に餅をちぎって手早く丸める。日乃出は手際《てぎわ》が悪く、二人より先に包み始めていたのに、たちまち追い抜かれた。

「いつまでもべたべたさわっていると、大福がおいしくなくなる。手早くやんなきゃだめだ」

勝次が言った。

子供の時から橘屋の仕事場に出入りして、職人の手の動きをよく見ていた。だが大人になってからは、仕事場に入ることは止められた。自分で大福を包むのは久しぶりだった。

盆の上には勝次の作った角張った大福が整列し、その隣にあっちを向いたり、こっちを向いたりしている純也の大福が並んだ。日乃出は自分の包んだ大福をそっとおいた。

「やだ。皮にあんこがくっついているじゃないの。汚いわ。これは、だめ」

純也が細い指で日乃出の大福をはじいた。

「夕べは威勢よく、橘屋を再興するなんて言ったくせに、あんた大福ひとつ満足に包めないんだ。本当にどうするつもりなのさ」

哀《あわ》れむような言い方だった。勝次は黙って日乃出の大福を眺めていた。

日乃出は唇を噛んだ。

――大福というのは、やわらかな餅の中に、同じくらいのやわらかさの餡が入っているからおいしく感じるのだよ。夏は生地がだれやすいから水の量をひかえてしっかりとつく。反対に冬は生地がしまるからやわらかめに。餡も夏は甘さをくどく感じるから砂糖をひかえてあっさりと、冬はこっくりと甘くする。

父の仁兵衛は職人たちにそう指導した。どういう餡がおいしくて、皮はどうしたらいいのか、日乃出は食べて覚えてきた。日乃出は橘屋の味と技を記憶している。だが、それらはすべて頭の中にあるだけだ。実際には大福ひとつ包めない。そんな自分に悲しくなった。

「さぁ、お客が来るといいけどね」

純也はできた豆大福を番重《ばんじゅう》に並べると、店先に並べてもらうため三河屋に運んで行った。

大福の売値は十二文。つくったのは五十個だから、全部売れても六百文。そこからもち米と小豆、砂糖の値を引くと残りはいくらになるのか。

日乃出はあらためて百両という金の重さを思った。

結局、その日、お客はほとんど来なかった。残った大福を昼飯に食べ、夜はお光が差し入れてくれた汁といわしの煮つけをおかずに大福を食べた。

夕餉が終わって洗い物をしていると、勝次が残った大福を二つに切っている。中から餡だけ取り出して、サワリと呼ばれる半球形の銅鍋に投げ込む。もう一度火を入れて再生するつもりなのだ。

「ちょっと待って。こんなことしたら……」

日乃出が言いかけると、純也がちっと舌打ちした。心の中で何かがぷつんと切れたように、顔つきが変わっていた。

「分かっているわよ。だったらどうしたらいいのよ。大福は売れない。材料を買う金もない。あたしたちは生きていかなくちゃならない。ここは、あんたの生まれた橘屋じゃないのよ。売れ残った大福を捨てるなんて、もったいないことできる訳ないじゃない」

純也が日乃出を睨んでいる。

「大きな声を出すんじゃないよ。驚いているじゃないか」

勝次がなだめるように言った。

「だってこの子ったら、何にも出来ないくせに、あたし達のやることを、いちいち気に入らないって目で見ているんだからさ。腹が立つじゃないの。気の毒な身の上だと思ってやさしくしてやったら、いい気になってさ」

純也はいっそう目をつりあげた。

「悪いけど、橘屋はもうないのよ。いつまでもお嬢のつもりでいられたら困るの。百日で百両なんかできる訳ないじゃないの。いい加減に目を覚ましたら。あんたはだまされたのよ。何が大掾《だいじょう》の橘屋よ。江戸で五本の指に入る店よ。みんな借金のかたに取られちゃったんでしょう。お女郎《じょろう》に売られないだけましだったのよ」

「よさないか」

勝次が怒鳴った。

純也は口をとがらせ、後ろを向いた。

「いくらなんでも言い過ぎだ。かわいそうに。女の子を泣かすもんじゃない」

日乃出はぐっと両手を握りしめた。だが、涙が一筋溢《あふ》れると止まらなくなった。堪《こら》えてきた涙で顔をぬらし、しゃがみこんで泣いた。

悲しいのではない。自分に腹が立ったのだ。橘屋を再興するなどと大層なことを言っても大福ひとつ包めない自分に。同情され、すぐ泣いてしまう自分に。純也に言われた通りなのだ。

「あんたねぇ、すぐべえべえ泣く女なんか、だあれも信じないんだからね。一人前になりたかったら泣くんじゃないよ。なんだよ、偉そうに」

　純也が二階に駆け上がった。

「悪かったな。あいつは思ったことをすぐ口に出すんだ。あんたがもう少しいろいろ出来ればよかったんだけどな。だけど、気にするな。腹にはなんにもない奴だから、言ったそばから忘れてしまう」

　勝次の慰《なぐさ》めの言葉は日乃出の心に刺さった。

「もう分かっただろう。俺たちは食べて行くのがやっとなんだ。あんたを食わせる余裕もない。この店じゃぁ、百両なんて夢のまた夢なんだ。薄紅を作るったって、その材料を買う金もいるんだろう。どうするつもりだ。意地を張らないで日本橋に帰った方がいいと思うよ。叔父さんに謝るんだ。今なら間に合う。菓子屋をやりたいんなら、どこかちゃんとした店に修業に出ればいいじゃないか。その方が結局早道だ」

「だけど、それじゃぁ、掛け軸は戻らない」

「頭の悪い子供だなぁ。掛け軸なんて、ただの部屋の飾りだ。橘屋の魂は自分の中にある。そういう風には思えないのか」

　思えない。あの掛け軸がなくてはだめなのだ。

　日乃出は掛け軸を取り戻すため、橘屋に忍び込んだ話をした。

すぐに見つかって、翌日、谷善次郎の屋敷に謝りに行ったこと。そこで、善次郎に「菓子は人を支える」などというのは菓子屋の驕《おご》りだと言われたこと。信とか忠とか義などというものは、もう古い。これからの時代、人を動かすのは金の力だ。父の仁兵衛も信や忠や義にこだわらなければ、死ぬこともなかったのにと言われたことを語った。

何度も言葉に詰まり、話は前後したが、勝次は辛抱強く聞いてくれた。純也が階段の上に座っているのも感じていた。

「私はおとっつぁんが考えた薄紅を作って百両を手に入れて、掛け軸を取り戻したい。そして、善次郎に信や忠や義は今でも生きていて、人を動かすということを示したい」

日乃出の長い話が終わっても、勝次は何も言わなかった。ずいぶん経って、大きなため息をついた。

「分かったから、もう泣くな。好きなだけ、ここにいろ。その代わり文句を言うな。俺は女の涙が嫌いだ」

そう言うと二階にあがってしまった。

日乃出はこぶしで涙を拭《ふ》き、三河屋に戻った。

裏の戸を開けようとしたら、中から話し声が聞こえてきた。

「谷様に盾ついたなんていうからどんな娘かと思ったら、ほんの子供じゃないか」

お豊の声だった。どうやら日乃出の話をしているらしい。お豊の声は響くので、外までよく聞こえてきた。日乃出は体を固くした。

「十六だよ。お光の一つ下だ」

くぐもった定吉の声がする。

「松弥さんが生きていたらねぇ、まだ、なんとかなったかもしれないけど。……あれじゃあ菓子なんか作れる訳ないよ。今朝だって、井戸の水がくめなくて苦労してたんだから。それにあの娘の手を見ただろう。あれは仕事をしている手じゃない。お嬢さんの手だ。……まあ、いいさ。半月もしないうちに音《ね》をあげて家に帰るって言い出すだろう」

「お前、帰るったって、どこに帰るんだよ」

「ああ、そうか。親はいないんだね。気の毒に。でも、親戚ぐらいはいるんだろう。……ならば、その叔父さんのところに行けばいい」

「それしかねぇなぁ。まぁ、お前には迷惑をかけるかもしれないけど、これもしばらくのことだから」

ここしばらくのことだから。半月もしないうちに帰ると言い出すだろう。

世間はそんな風に見ていたのだ。また涙が出そうになったが、奥歯をぐっと噛みしめた。

会話が途切れたのを潮に、日乃出はわざと音を立てて戸を開けた。定吉が日乃出の顔を見て、一瞬驚いた顔をした。

「おや、仕事が終わったのかい。ご苦労だったね。慣れない仕事で疲れただろう」

お豊は動じず、ねぎらうように言った。日乃出はお世話になりますと、丁寧に挨拶した。二階の自分の部屋に入ると、また涙がこぼれてきた。

確かに今の日乃出は何も出来ない。それは悔しいと思うより、情けなかった。

どうせ何も出来やしない。百日で百両を作るなど世間知らずな娘のたわごとだ。

お豊だけではない。谷善次郎も、叔父夫婦も勝次も純也も、そうたかをくくっていた。

横浜まで連れとなってくれた留吉だって、日乃出の話に耳を傾け、相槌《あいづち》を打ち、落ち込むと気を引き立てるようなことを言ってくれたけれど、胸の内はどうだったのだろう。早く諦めて日本橋に帰ればいいと思っていたのではないか。かわいそうにと憐《あわ》れんでいたのかもしれない。

憐れみは馬鹿にされるより、嫌だ。

いっそ馬鹿なことをと笑ってくれたらよかったのに。そうしたら、こんなみじめな気持ちにならなかった。

負けるものかと、心の中で善次郎に言った。

かならず掛け軸を取り戻すからと、叔父夫婦につぶやいた。

しっぽを巻いて帰るなんてことは絶対にしませんからと、定吉とお豊、留吉に誓った。

私は諦めない。こんなことでくじけてたまるか。他人が信じなくても、自分がいる。自分を信じるのだ。そうでなくては、なんのために横浜まで来たのか分からない。

負けてたまるか。

日乃出はつぶやいた。


まず、水くみができるようになること。

日乃出の取り組みはここからだ。桶をまっすぐ落として、そのまま素直に引っ張り上げる。何度も繰り返した。上手とは言えないが、昨日よりはずいぶんましになった。

その後、浜風屋に戻って三人で大福を包み、それが終わると路地の草むしりだ。伸びるに任せた草は日乃出の腰の高さぐらいまである。三河屋の脇から浜風屋の入口まで続き、それが冬になって枯れて一面茶色に変わっている。浜風屋に行くには、草をかきわけて進まなくてはならない。そんなことをしてまで店に来るお客がいるはずもないから、大福は三河屋で扱ってもらっている。

草むしりは三河屋の脇から始めた。丈高く伸びた草は枯れたように見えても、根の方は地面に深く張っていて、力任せに引っ張ってもなかなか抜けない。落ちていた木の根で根元の土を掘り返すと、少し抜きやすくなった。だが雑草は大量の土を抱えたまま抜けるから、気がつくと地面が穴だらけになっていた。

困っているとお豊が鎌を持ってやって来た。根はそのままにして、とりあえず上の方の草を刈ることから始めた方がいいと言った。

お豊は丁寧に鎌の使い方も教えてくれた。

「よく研《と》いであるからね、自分を切らないように気をつけるんだよ」

言われたように手足を動かす。中腰の作業なのですぐに腰が痛くなった。背を伸ばしたいと思ったが、勝次や純也が見ていて「もう音をあげている」などと言われたら悔《くや》しいので我慢した。だが、そのうちにどうにも我慢出来なくなって立ち上がった。手には豆が出来ている。背中も腕も太腿《ふともも》も痛い。その割に仕事ははかどっていない。

午後、一度だけ純也がやって来て「あらら。頑張っているのね」と言ってどこかに出かけて行ってしまった。勝次は顔ものぞかせない。日乃出のやっていることが気にならないのだろうか。

でも、そんなはずはない。

昨日、あんな風に言い合ったのだ。わざとらしいことをするなと腹を立てているのか。それとも日乃出がどこまでやれるか見定めようとしているのか。早く日本橋に帰ってもらいたいのか。

日乃出は意地になっていた。腰や背中や腕の痛いのは、勝次や純也のせいのような気がしてきた。

世間知らずの気まぐれだと思っていたら、おあいにく様。

悪いけれど、こっちは本気なんだ。

びっくりするなよ。薄紅を作って百日で百両稼いで、掛け軸を取り戻すんだ。

この路地だってきれいにして見せる。あんたたちが、どんな風に怠《なま》けていたのか見せつけてやる。負けるものか、負けるものかとつぶやきながら鎌で草を刈った。

とうとう手の豆がつぶれて血がにじんでしまった。

次の朝、手の平にさらしを巻いて浜風屋に行くと、勝次がその手をじろりと見て言った。

「その手じゃ、大福は包めないな。当分は水くみを頼む」

菓子からさらに離れてしまった。これでは本末転倒ではないか。そもそも草刈りについて何も言わないのはどういう事だ。

無視か。完全、無視か。

日乃出が勝手にやっていることだと言わんばかりだ。その日も一日、腹を立てながら草を刈った。

五日目になると、猫の通り道のようだった路地に少しずつ地面が見えてきた。草があるときは分からなかったが、中央には石が並べられ、脇にも石を組んであって花壇のようになっていた。ところどころ紫陽花《あじさい》の株《かぶ》も残っている。きっと松弥がいた頃は、それなりに風情のある路地だったに違いない。

日乃出はだんだん、この小さな路地が愛おしくなってきた。春になったら花を植えてみようか。通りから花が見えたら、お客さんも浜風屋に入りやすくなるかもしれない。春はすみれ、たんぽぽ、初夏は紫陽花、夏は朝顔もかわいいな。

気がつくと、そんなことを考えている。

こんな時、一緒に喜んだり、笑ったりする人がいたらどんなに楽しいだろう。疲れも忘れてしまうかもしれない。

だけど、ここにはそういう人はいない。日乃出は一人だ。みんなは日乃出が早く諦めて日本橋に帰ってくれればいいと思っている。また、ふつふつと怒りがこみあげてきた。

純也が食事が出来たと呼びに来たので、不機嫌な顔のまま浜風屋に戻った。

お膳を前にして勝次は相変わらずむっつりとだまりこくっている。純也も軽口をきかない。日乃出は仏頂面《ぶっちょうづら》だ。おかずは売れ残りの大福にお豊が持って来てくれた野菜の煮物。気まずい雰囲気のまま、あっという間に食べ終わり、勝次はそそくさと立ち上がると二階に行ってしまった。日乃出は純也と片付けをして三河屋に戻った。

七日が過ぎて、ついに路地の草を刈り終わった。三河屋の店の前に立つと、路地の奥までよく見えた。浜風屋は相変わらず、古くて小さい。だがこうして眺めてみると悪い店ではないと思えてきた。ちゃんと掃除をして、入口の戸を直して、それから看板を書き直す。そうすれば、もっとずっと良い感じになるだろう。

店の品物も大福だけじゃなくて、饅頭や羊羹を作る。春になったら桜餅と草餅、団子《だんご》もいいかな。夏は水羊羹で秋は……そうだ、紅葉《もみじ》の上生菓子だ。とびっきりきれいで、おいしいお菓子を用意したい。

浜風屋が流行《はや》らないのは、お菓子の種類が少なく、その上、おいしくないからだ。なにしろあの大福なのだ。だから、お菓子の種類をたくさんにして、しかもおいしくすれば、お客さんは来るはずだ。どうして、そんな単純な事にあの二人は気づかないのだ。

何にも考えていないんだな、きっと。

私が教えてやる。

お客さんでいっぱいの浜風屋が見えるような気がして、日乃出はにっこりした。

さあ、次は店の中を掃除するんだ。

浜風屋の勝手口の戸を開けると、小豆を煮ている匂いがした。勝次が仕事場で冊子のようなものを読んでいた。

「外の草を刈り終わりました。今度、こちらを掃除しようかと思うんですけど、いいですか」

勝次の機嫌を取ろうと、少しかわいらしい声を出してみた。

「あ、そうか。そうだなぁ」

冊子を手で隠すようにして、あたりを見回している。

「豆を煮ているんなら、仕事場はやめて入口の土間のところから始めますけど」

「そうしてくれるかな」

あっさり許しが出た。うまくいった。この調子で看板を書き直したり、入口の戸の建てつけをよくしたりすればいいのだ。

上機嫌になって箒《ほうき》を取りに行こうとした時、鍋の中が見えた。大鍋にたっぷりの湯が沸いていて、中で小豆が躍っている。

「あれぇ、どうして、こんなたくさん湯を沸かしているんですか」

日乃出は驚いて声をあげた。

「どうしてって、そうしなくちゃ、小豆が柔らかくならないからだよ」

「だけど、これじゃあ、おいしく炊けませんよ。小豆を煮る時はかぶるくらいの水でいいんです。水が多ければ沸騰するまで時間がかかるし、小豆が躍って皮が破れ、豆のうまみが外に出てしまうんです。橘屋じゃあ……」

勝次の眉がぐいっとあがった。

「なるほど大掾の橘屋じゃあ、そういう炊き方してたのか。きっと上等の豆を使っていたんだな。生憎《あいにく》だけど、この店じゃあ、一昨年のしなびた豆しかないもんでな。

たっぷりの湯でがんがん煮ないと、柔らかくならないいんだよ」

日乃出はそおっと鍋の中をのぞいた。

しなびた茶色っぽい豆が泡と一緒に昇ったり下りたりしている。こんな炊き方は聞いたことがない。

「一晩水に浸けても、この通りさ」

だから、だめなんだ。日乃出は少し得意になって言った。

「水に浸けるからだめなんですよ。小豆は大豆と違うから、水に浸けなくてもいいんです。大豆やいんげん豆は一晩水に浸けて、豆が水をふくんで大きくふくらんでから煮ますから、小豆も同じだと思って水に浸ける菓子屋さんもあるそうです。でも、小豆と大豆は違うんです。小豆の皮はかぶとのように中の豆を包んでいて、水が入る道もひとつしかない。水に浸けてもふくらまないし、皮がやわらかくなることもない。反対に、芽を出す準備をするので豆がやせてしまうんです」

「知ってるよ、そんなこたぁ。松弥のじいさんに教わった」

「だったら、そうすればいいじゃないですか」

日乃出は頰《ほお》をふくらませた。

「松弥さんは名人だったんでしょう。教わった通りにやらないから、うまく炊けないんじゃないんですか」

勝次の顔が真っ赤になった。

「だったら、お前が炊いてみろ。それで上手に炊けるなら、とっくにそうやっている」

「だって……」

「俺に意見をするな」

手近にあった火吹きで日乃出を店の外に追い出すと、ぴしゃりと戸を閉めてしまった。せっかく掃除をする話がまとまっていたのに、どこで間違えてしまったのだろう。

勝次のばか。

日乃出は地面をけった。

「今のは、あんたが悪いね」

振り返ると、晩のおかずを手に持ったお豊が立っていた。

「勝次には勝次のやり方があるんだ。新参者のあんたにあれこれ指図をされたら、腹も立つだろうよ」

「だけどあの人は豆の煮方を間違えていたから、私が教えてあげたんですよ」

「その言い方が偉そうなんだよ。勝次も言っていただろう。小豆が固いから、普通のやり方じゃあ柔らかくならないんだ」

だったら、もっといい豆を買えばいいのにという言葉がのどまで出かかって、あわてて飲み込んだ。

買えるならば買っているだろう。松弥が死んで、以前のようなおいしい菓子が作れなくなった。お客は減って、品物は売れない。暮らしを切り詰め、それでも足りなくて材料の質を落とした。売れ残った餡をもう一度炊き直して使うことにした。

「あんたは一生懸命、草を刈っていたね。大変だったと思うよ。だけど、あの二人がどうして手伝ってくれなかったのか、考えてみたことあるかい」

「それは、私が一人でどれだけやれるか、試していたんでしょう。さっさと諦めて、日本橋に帰ればいいと思っていたのかもしれない」

お豊は大口を開けてからからと笑った。

「案外、自分の立場が分かっているじゃないか。それは、まぁ、当たらずとも遠からず。だけど、それだけじゃないよ。傍《はた》から見ると、あんたの背中にはとげが生えているみたいだった。あたしに触るな、関わるな。あたしは怒っているんだ。それじゃあ誰も怖くて近寄れない。あんたが自分でみんなを遠ざけていたんだよ」

日乃出は思わず、自分の背中を触った。

草を刈りながら、ずっと怒っていた。悔しくて、悲しくて、情けなくて。その気持ちをぐっと押し込めて、ひたすら負けるものかと鎌をふっていた。それが周りの人にも伝わって、遠ざけていたというのか。

「薄紅とやらを作るんだったら、あの二人に手を貸してもらわないとだめなんだろう。どうやったら、二人が手を貸してくれると思う」

「だから、橘屋が……」

掛け軸の話を持ち出そうとする日乃出の肩に、お豊がそっと手をおいた。

「求めることばかりじゃ、与えられない。今までは、黙って座っていてもみんなが手を貸して助けてくれた。必要な物を用意してくれた。橘屋さんのお嬢さんだったからね。だけど、これからはそんな風にはいかないよ。周りにいる人が、あんたを助けたい、手を貸してやりたいって思うようにさせないと。それにはどうしたら、いいと思う。今晩、ゆっくり考えてみるんだね」

そう言うと、勝手口から浜風屋の中に入って行った。


日乃出はお豊の言葉が頭から離れなくなった。夜、三河屋に戻り、夜具《やぐ》にくるまってからもずっと考えていた。その時、襖がそっと開いてお光が丸い顔をのぞかせた。

「ねぇ、ちょっと話をしてもいいかしら」

「はい、いいですけど」

日乃出は夜具から出て正座した。お光も正座して向き合う。お光は日乃出の一つ上の十七歳で、ふっくらとして丸い体つきをしている。頬は羽二重《はぶたえ》餅のようにすべすべとして、少し下がった目はいつも笑っているようで愛嬌《あいきょう》がある。

その目が、なぜか笑っていない。思いつめたような光を放っている。

しばらく沈黙があって、ようやく決心したように口を開いた。

「あんた、勝次さんのこと、どう思う」

「どうって……菓子の腕のことですか」

「そうじゃないわよ。男の人としてよ」

オトコノヒトとして？

気難しくて意地悪で、頑固で、その上天井につきそうなほど背が高く、こん棒のような腕をした、浅草観音の仁王様のような勝次を。ぎょろりと大きな目で、厚い唇、もじゃもじゃとちぢれた髪の、恐ろしげな顔立ちの勝次のことか。

「純也さんじゃあ、なくて」

「どうして、純也なのよ。あんな、なよなよした男は嫌い」

行燈の明かりに照らされたお光の口がとがり、少し不満そうだ。私の勝次さんのどこが気に入らない訳。あんたには勝次さんの良さが分かっていないのよとでも言いたげだ。

「あ、でも、頼りになる人だとは思います」

日乃出はお光の気に入りそうな答えを探して言った。お光の顔つきが少し和《やわ》らぐ。

「それだけ？」

「えっと、いろいろなことを教えてくれます」

そうであったら、どんなにいいか。

そうか、お光は勝次のことが好きなのか。それで、おかずを届けてくれているのか。

「とっても心の広い、温かな人だと思います」

日乃出は言葉をつなぐ。嘘は苦手だ。口は動くけれど、顔はしかめっつらのままだ。

「いいわよ。もう分かった。あんたが勝次さんのことをどう思っているのか」

「はい」

「でも、ちょっと安心した」

お光の瞳がきらきら光って、羽二重餅のような頬がうっすらと染まっている。

「だって、あんたの方が勝次さんと一緒にいる時間が長いもの。あんたが勝次さんを好きだっていったら、どうしようかと思ってた」

「あは。大丈夫です。そういうことはないと思います」

「このところ毎日、路地の草を鎌で刈っていたでしょう。あれは勝次さんから何か言われたからなの」

「いいえ。とんでもない」

「じゃあ、誰かほかの人から、こうすると勝次さんが喜ぶと聞かされたの」

「いえいえ」

あわてて手をふる。

「あの路地は勝次さんと何か関係があるんですか」

「本当に何も知らなかったの」

お光が疑わしそうな目をする。

「はい」

「全然?」

「そうです」

「ふうん」

お光は日乃出の顔をちらりと見た。そして、とっておきの話を教えるという目をした。

「勝次さんが浜風屋に来た時、最初にやったのが路地の草を刈ることだったのよ」

なんだ、日乃出と同じではないか。

「菓子を作るのは手伝えないから、代わりに何ができるか考えたんですって。雨が降るとぬかるみになるからって石を置いたのも勝次さんだし、路地の脇に紫陽花を植えたのも、そう。水くみに薪割り、荷物運び……勝次さんは力仕事専門だけど、ほかの人にはない心配りがあったの。薪は年を取って腕の力がなくなった松弥さんのために、少し小さめに割っていたし、水瓶も使いやすいよう小さな物に取り替えた。菓子職人は自分が作りたい物を作るんじゃない、お客さんが食べたい物を作るんだっていうのが、松弥さんの考え方だったから、勝次さんのそうしたやり方をとても喜んだ。いつも褒《ほ》めていた」

そうだったのか。

日乃出は路地に敷かれた石や脇にあった紫陽花の株を思い出していた。

「勝次さんは人が喜ぶ顔を見るのが好きなんですって。だからなのよ。あの人、働いている時、とってもやさしそうな目をしているでしょう」

「そうですか。私にはそういう風にはとても思えないんですけど」

「そりゃあ、あんたが怒った猫みたいにいつも目をつりあげているからよ。あれじゃあ、勝次さんだって嫌になるわよ」

日乃出ははっとしてお光の顔を見つめた。お豊に言われたことの意味が分かったような気がした。

浜風屋に来てから、ずっと怒っていた。理由は自分が情けなかったからだが、その怒りは周りにも向けられた。怒りや悔しさをぶつけるように鎌で草を刈っていた。負けるものか、憐れむな、今に見ていろ。

猫が背中の毛を逆立てて威嚇《いかく》するみたいに、日乃出は周り中に敵意をまき散らしていた。

勝次や純也が怒っていたのではない。周りの人に向けられた日乃出の怒りが、鏡で反射するように日乃出に戻って来ていただけなのだ。

「あんたも、そのうち、勝次さんのやさしさに気づくわよ」

「だけど、そんな勝次さんがどうしてあんな風に怠け……。あ、いえ、つまり、路地に草が生えていても構わないとか、そういう風になってしまったんですか」

「どうしてかしらね。松弥さんが亡くなったのが、応えたのだと思う。十日ぐらい、浜風屋から出て来なかったもの。あたしたちはあの二人が、店を出て行くんじゃないかって思っていた。だけど、店にはとどまった。だけど、何かが前とは変わってしまった。とくに勝次さんは、心棒がなくなったみたいだった」

それは松弥という人と強い心の絆《きずな》で結ばれていたという事か。その絆を失って、気力がなくなってしまったということなのか。

「昔の勝次さんが本当の勝次さん。きっとまた、前のように戻ると思っているの。だからお願いね。勝次さんを好きにならないでね。それでもってあたしを応援するのよ。勝次さんを支えるのはあたしなんだから」

「はい」

「何かあったら、あたしにすぐ教えるのよ」

「分かりました」

「指切り」

お光は短い小指を突き出した。


次の日の朝、路地に勝次が立っていた。だまって紫陽花の株を眺めていた。

「昨日、三河屋のお光さんから聞きました。この紫陽花、勝次さんが植えたそうですね」

日乃出は言った。

「ああ。ここはあまり日が当たらないから、紫陽花ならきれいに咲くんじゃないかと思ったんだ」

「今年も咲くといいですね」

「そうだな。紫陽花は松弥のじいさんが好きだったんだ」

日乃出は言わなければならない言葉があった。だがのどの奥に詰まっていて中々、唇が動かなかった。

勝次は背を向けると、ゆっくりと歩き出した。日乃出はあわてた。この時を逃したら、言えずじまいになりそうだ。

「あ、あの……。昨日はすみませんでした」

するりと言葉が出た。

「何だ。何のことだ」

「小豆の煮方のことです。いろいろ苦心していたのに、そういうこと、何にも分かっていなくて、生意気なことを言いました。すみません」

頭を下げた。勝次の眼が少しやさしくなっていた。

「謝らなくていいさ。こっちもつい、かっとなった。悪かったな。いい豆が買えればいいんだけどね」

照れくさそうに言うと、ぐるりと路地を見回した。

「全部の草を刈るのに八日か。案外早かったな。大変だったろう」

「はい。少し」

「そんな細い腕で、よく頑張ったなぁ。俺なら、とっくに嫌になっている」

日乃出は褒められて頬を染めた。浜風屋に入ろうとして、いつもと少し様子が違うことに気がついた。よく見れば、看板が変わっている。

墨文字で浜風屋と書いた真新しい看板がかかっていた。文字は勝次が書いたのだろうか。けっして上手ではないが、気持ちがよいほど力強くて勢いがある。迷いのない堂々とした文字だ。

「あんたが帰ってから、こしらえた。いつまでも昔のことを引きずっていても仕方がない。気持ちを立て替えて、頑張ろうと思ったんだ」

「素敵な看板ですよ」

「これも何かの縁だ。いっしょにやって行こうな」

勝次が言うと、日乃出も大きくうなずいた。

三、てんやわんやの甘辛お焼き

路地をきれいにして看板を掛け替えた。だがそれだけで客が来るほど、世の中は甘くない。浜風屋の景気は相変わらず悪い。物が有りさえすれば売れるという横浜なのに、商売の神様は浜風屋の前を通り過ぎていくらしかった。

朝から雨が降っていた。ただでさえ売れないのに、雨が降ったらお手上げである。いつもは五十個作っている大福を三十個に減らしたが、それでも売れ残った。昼に食べ、夜に食べる。おかずはお光が届けてくれる青菜のおひたしにたくわんに汁。大福で甘くなった口に塩気がうまい。

翌朝も雨だった。大福を包んでしまうと、今日の菓子作りは終わりである。日乃出が床を掃き始めると、勝次も鍋を磨きだした。この頃は毎日、そうやって掃除をしているので、浜風屋は以前とは見違えるようにきれいになった。純也は、これまたいつも通り、何をしているのか二階に上がったままだ。

「大福を売りに行きたいんですけど」

日乃出が言った。

「外は雨だぞ」

「だけど、このまま、こうしていても売れないと思いますし」

「そうだなぁ」

勝次は腕を組んで考えている。

「だけど、どこに売りに行く」

だから、そうやって考えているよりも、動いた方が早いです。日乃出はのどまで出かかった言葉をぐっとのみこんだ。

「いいわよ。あたしが一緒に行くから。こう毎日雨だと、退屈しちゃうわよね」

純也が二階から顔をのぞかせた。

いや、そういうことじゃないんだけど。

日乃出は純也ののんきさに呆《あき》れた。

ぬれないように油紙《あぶらがみ》で包んだ大福を風呂敷に入れて持ち、傘をさして外に出た。部屋の中でくすぶっていたせいか、冷たい風が心地よく感じる。「あーあ」と純也は大きく伸びをすると、日乃出の顔をのぞきこんだ。

「あんた、今朝、ちゃんと顔を洗った？　せっかく可愛《かわい》い顔をしているんだから、少しは自分の身の周りを構わなくちゃだめよ。床を掃いている暇があったら髪をとかしなさい」

純也は日乃出の髪をほどいて結い直し、着物をあちこち引っ張って整えた。よく見れば、純也の唇にはうっすらと紅がさされている。

「勝さんが女臭いって嫌がるから店の中ではしないいんだけどさ。紅をさすと、気持ちが盛り上がるのよ」

着ているのはいつもの藍色の着物だが、洗いざらしの同色の帯にほんの少し紅色の手ぬぐいをのぞかせている。前から感じていたことだが、純也はお洒落《しゃれ》だ。勝次や日乃出は、ただそこにあるものを着ているというだけだが、純也はちゃんと着物と帯の色合わせを考えている。自分に似合う物を知っているらしく、襟《えり》の合わせ方、帯の結び方、髪形にも純也なりの形があった。

「そうだ。あんたまだ、関内に行ったことないでしょう。これから、行ってみようよ。そりゃあ、にぎやかなんだから」

関内は開港にともないやってきた外国人が商売をする場所だ。吉田橋を渡るとそこが関内である。西側を日本人が使い、東側には外国公邸や商館、住居が並ぶ。

特別な許可がない限り外国人は江戸に入ることができなかったので、日乃出は横浜に来るまで外国人の姿をほとんど見たことがなかった。だから、行き来する外国人の様子に目を見張った。

——獅子みたいな鼻をして、ひげがもじゃもじゃ、髪は金色で目が青い。

留吉の言葉は本当だった。

軍服を着た兵隊、腰をしぼった服を着た婦人、馬に乗った男たち、三つ編みの髪を長く垂らした弁髪の中国人。その後ろを二頭立ての馬車が行く。混みあってにぎやかなことこの上ない。人も馬車も降りしきる雨をものともせずに進んで行く。

関内を南北に貫く馬車道通りの両側には衣類や食品、家具などの店が並ぶ。赤や黄色の旗を掲げ、横文字の看板を出している店もある。あたりには甘いような、塩辛いような、獣臭いような不思議な匂いが漂っていた。

人ごみの中でも姿のいい純也は目立った。すれ違う女たちが振り向いていく。西洋人が声をかける。そんなことには慣れていると言わんばかりに、純也はすまして先を行く。

日乃出は道の脇に柳の木を見つけて立ち止まり、声をあげた。

「大福、大福はいかがですか」

だれも振り向かない。

「浜風屋の大福です」

純也が戻って傍《かたわ》らに立ち、笑って見ている。

「どうして、いっしょに叫んでくれないんですか。大福を売りに来たんでしょう」

「ここじゃあ、売れないわよ」

「どうしてですか」

「だって、大福なんてめずらしくもなんともないもの」

純也がちょっと馬鹿にしたように言った。

「考えてもごらんよ。ここは日本で一番西洋に近い場所なんだよ。ここに来る人は、まだ他の人が知らない、めずらしい、新しいものを探しに来ているんだ。関内まで来て、なんで大福を買わなくちゃなんないのさ」

言われればその通りである。

「さぁ、行くよ」

純也は重箱をしまわせると、さっさと歩き出した。

吉田橋を渡って関外に出て、右に折れると吉田町の大通りだ。ひときわ目をひくのが呉服の越後屋で、日本橋の店と同じくらいの大きさがある。その三軒ほど先に真新しい三河屋の店があった。定吉が自慢するはずである。間口は十間以上、乾物、米、酒と大きな看板を掲げていた。三河屋は馬車道にも、これと同じくらいの立派な店があるそうだ。

「浜風屋もいつか、これぐらいの店になるかなぁ」

日乃出が言うと「売れ残った大福を食べている人がいう台詞《せりふ》かねぇ」と純也が笑った。

「だけど、三河屋さんだって小さな店から出発したんでしょう」

「店じゃないわよ。最初はぼて振りからはじめたんだって。それから荷車になって、その後が店」

「だったら私たちだって大丈夫だよ。浜風屋っていう店があるんだもの。薄紅を作って大きな店にする」

「橘屋を再興するんじゃなかったの」

「それもあるけど。お世話になっているのは浜風屋だから」

「ありがとうござんす。あたしは日乃出の後についていくから」

「だけど、三河屋さんはこんな大きな店があるんなら、あそこで暮らせばいいのに。どうして野毛の古くて狭い二階で暮らしているの」

「そうなんだよね。あそこに住むつもりで立派な奥座敷も作ったのに、すぐ戻って来ちゃったんだ。広すぎて落ち着かないんだってさ。お光さんに言わせると、あんまり急に金持ちになっちゃったから、いろんなことがちぐはぐなんだって」

お光はお茶にお花、小笠原《おがさわら》流の礼儀作法と毎日のように習い事に通っている。師匠たちにはそれぞれ懇意の道具屋や呉服屋があって、そこから道具や着物を買わねばならない。定吉はお光に甘いから、師匠に言われるままに買い与えた。

だが着物を買ってもらってうれしかったのは最初のうちだけで、やれ春にその柄はおかしい、帯と着物の格が合っていない、はては着付けに品がないと、師匠たちにややこしいことばかり言われて今はすっかり嫌気がさした。半襟を買ってもらって喜んでいた昔が懐《なつ》かしいとぼやいているそうだ。

「あの子はお茶なんかより、大根の漬け方を習った方が合っているよね。これ、褒めているんだけど」

純也は屈託のない様子で言った。

「あんたはどうだったのよ。着物をたくさん持っていたんでしょう」

いきなり話題は日乃出に変わった。

「うん。それなりに持っていたよ。お稽古事もいろいろしてたし」

日乃出は言葉少なに応えた。

正月の晴れ着はもちろん、花見やお茶会の度に新しい絹の着物を誂《あつら》えていた。中には一度も着ていないので仕付け糸がついたまま簞笥にしまってあるものさえあった。日乃出の友達はみんな同じように裕福な商家の娘たちだったから、そうすることが当たり前。特別贅沢なことだとも思わずに暮らしていた。

「日本橋の頃の暮らしに戻りたいと思っている」

純也がたずねた。

「思わないといったら、噓になる」

あの頃の日乃出の周りにはおいしいもの、美しいもの、手触りのいいもの、いい匂いのするものがたくさんあった。

「だけど、今の暮らしも嫌いじゃないよ」

綿の着物を着て、朝から水くみだ、なんだと走り回っている。楽ではないが、辛《つら》くはない。

「だって私には薄紅を作って、掛け軸を取り戻すっていう目標があるもの。今はその途中。そう思うと、今度は何が起こるんだろうって、毎日、わくわくしている」

「あんたって本当に、びっくりするほど前向きなんだね」

純也は呆れたように言った。

元の道を戻って吉田橋のたもとまで来ると、今度は左に曲がって掘り割りを渡り、羽衣町《はごろもちょう》に入る。ここも人がいっぱいで、下田座の大きな看板が見えた。出し物は義経千本桜《よしつね》で、弁慶《べんけい》や義経に扮した人気役者の絵姿があった。

「ここらで、ちょこっと売ってみようかね」

純也は風呂敷包をといて重箱を出すと声をあげた。

「大福一つ十二文。おいしいよ。横浜名物、浜風屋の大福」

日乃出も並んで声をあげる。

「何だ兄さん、見慣れない顔だなぁ」

客より先に、強面《こわもて》の男がやってきた。このあたりを仕切っている者らしい。

「お久しぶりです。野毛の浜風屋です。こう雨が続いちゃ、自慢の大福も売れ残っちまうんでね、ちょっと出張ってきたんですよ」

純也が愛想《あいそ》よく言って、大福を包んで男に渡す。

「浜風屋かぁ。じいさんがいた頃は大福もうまかったけどなぁ。売れねぇのは雨のせいじゃなくて、あんたたちの腕のせいじゃねぇのか」

「まぁ、相変わらず厳しい言い方」

しなをつくってみせる。それでも取りあえずは見逃してもらって、端の方で大福を売る。半時ほど立って、なんとか十五個ほど売った。

「今日のところは、こんなもんじゃないかしらね」

純也は重箱をしまうと、歩き出した。路地を曲がってしばらく行くと掘り割りがあり、純也は柳の木の下の乾いた石の上に腰をおろした。

「堀の向こうが吉原。知ってた？　横浜にも東京と同じように、吉原って呼ばれる遊郭があるんだよ」

「花魁《おいらん》もいるの」

「もちろんよ。三国一の傾城《けいせい》といわれているのが、鷗輝楼《おうきろう》の露草《つゆくさ》。露草ににっこり笑ってもらいたくて、男たちが小判を懐《ふところ》に入れて通って来る」

「外国人も来るの」

「そっちが多いらしいよ。横浜で羽振りがいいのは外国人なんだから」

路地から十歳ぐらいの少女がのぞいている。近づいてこようか迷っているらしい。

「大福かい」

純也がやさしい声をかけると、少女はうなずく。

「雨だからね、三文でいいよ」

少女の顔がぱっと輝いた。

「そんなに喜ばなくていいよ。うちのはちょっとお砂糖が足りないんだ」

握りしめていた手からお金を受け取ると、大福をのせてやった。少女は顔を真っ赤にして走って行った。

「松弥のじいさんが生きていた頃、吉原の中にもよく売りに来た。遊女や下働きの娘たちが買ってくれた。みんな楽しみにしていたんだよ。浜風屋の大福は甘くて、大きくておいしい。一度でいいから、お腹いっぱい大福を食べてみたいってさ。年季のびても食べたや、浜風屋の大福って歌が流行ったんだよ」

純也は遠くを見る目になった。

「若い、きれいなお女郎がいてね、うちの大福をよく買ってくれた。食べると、故郷の母親のことを思い出すからって。その子が家を出るとき、母親が家に残った最後のもち米で大福を作って持たせてくれて、言ったんだ。辛抱すれば、きっといいことがあるからって。だから、大福を食べると、元気が出て、いいことがあると思えてくるんだってさ。ばっかみたい。親に売られたのにさ」

純也が石を投げると、掘り割りに水の輪が出来、さざ波となって広がっていった。

「あたし、善次郎の言うことにも一理あると思うよ。世間には忠とか、義とか、信とかいうことに縛られて貧乏くじ引いた人がいっぱいいるんだ。あんたの言う、菓子は人を支えるなんて、甘いよ」

「そうかなぁ」

「あんた吉原の女が何をするのか、分かっているの。一度お女郎になったらね、よっぽど運がよくて、気性が強くて、体が丈夫でなかったら、もう二度と外には出られないんだよ。身請《みう》けされるのなんか、本当に一部で、大半は一生借金に縛られるんだ。そういう仕組みになっているんだよ。それが分かっていて親は子供を売るんだよ。親だったら、子供に何をしてもいいのかい。親に孝行なんて調子のいいこと言って、自分たちがいい飯食いたいだけじゃないか」

純也は吐き捨てるようにいった。力をこめて握り合わせた手の指が白くなっている。一体何があったのか、聞きたかったが、たずねられなかった。

それきり純也は黙ってしまい、しばらく二人で水面を眺めていた。

「純也さんはどうして浜風屋で働くようになったの」

「そりゃあ、松弥のじいさんがいい人だったからよ」

「それだけ？」

「そうだね。きれいな菓子が好きだったっていうのも、少しはあったかな」

ふふと笑って、重箱の中から大福を取り出し、ひとつを日乃出に渡し、自分もひとつ食べた。大福はやっぱり餅が水っぽく、餡の甘さが足りず、豆が固かった。それでも、雨の中で食べるとおいしかった。

「きれいなもの、儚いもの、いい匂いですべすべしているようなもの。そういうのが好きなの。好きなものだけに囲まれて暮らしたい」

夢見るような目をした。

「また、松弥さんのいた頃のような大福を作ることはできないの」

「そうだねぇ」

純也は黙り込んだ。言わなくても分かっている。浜風屋はいい材料が買えないから大福がまずい。まずいから売れない。売れないから材料が買えないという悪いめぐりに陥《おちい》っているのだ。どこかで、その鎖《くさり》を断ち切らないといけない。

「そうだ。焼き大福にしたらどうだろう。屋台に七輪をのせてお客さんが来たらそこで大福を焼くの。焼きたての熱々を売るんだよ。それから、お茶も用意しておく。熱いお茶と温かい大福はうれしいよ」

「ちょ、ちょっと待ってよ。七輪のせてお茶もというなら、屋台がいるわよ。その屋台はどうするの。だいたい、重たい屋台をどうやって引くのよ。大変だよ。やなこった」

純也は顔をしかめた。

「だめだよ」

日乃出は思わず強い調子で言った。

「それじゃあ、何にも変わらない。まずいって分かっている大福を作って、純也さんはうれしいの。幸せなの。人を幸せにできるの」

「あらら」

純也は困ったような顔になった。

「おいしい菓子は人を幸せな気分にさせるんだ。そういう思い出が、人を強くするんだよ。辛い時やへこんだ時にもう少し頑張ってみようという気持ちにさせるんだ。

菓子に出来ることなんか、本当は大したことじゃない。そんなこと分かっているよ。だけど、私たちは菓子屋なんだから、菓子を作るんだ。全力で、一生懸命、おいしい菓子を作るんだよ」

日乃出は強い口調になった。

純也は黙ってしばらく考えている。やがて顔をあげると言った。

「しょうがない子ね。分かったわよ。あんたは正しい。強くて立派。いっしょに頑張って、浜風屋を盛り立てましょう」

日乃出の頬を突いた。

浜風屋に戻ると、日乃出は勝次に焼き大福を売りたいと伝えた。

「この子がどうしてもやりたいっていうんなら、あたし、いっしょに屋台引いてやってもいいよ」

純也が言った。三河屋の定吉に相談すると、どこからか古い蕎麦《そば》の屋台を見つけてきてくれた。七輪に茶の入ったやかん、大福をのせると結構な重さになった。本当にこれで売るつもりかと勝次にたずねられたが、自分で言い出したことだからと、日乃出は応えた。

問題はどこで売るかだ。

芝居小屋のあたりは町の顔役が仕切っているから袖の下が必要になる。ならば関内の外国人居留地はどうだろう。あちこちで建物の工事をしているから、その職人たちを相手にしたらいいという話になった。

昼少し前、日乃出と純也は野毛の浜風屋を出発した。にぎやかな吉田橋を渡って関内に入り、大通りを東に向かって進んで行くと、やがて石造りの三階建て、四階建ての大きな建物が増えてきた。建物の周りは高い塀で囲まれて、入口には赤や青の旗がはためいている。

「あれがエゲレスの領事館、こっちはフランスの貿易会社、そっちは船会社」

純也が指差して教えてくれる。

風のない穏やかな日で、青い空に刷毛《はけ》で掃いたような白い雲が浮かんでいた。

横浜が開港したばかりの頃は、どの会社も寺を借りて間に合わせていたが、だんだん事業が本格的になってくると、寺では都合が悪いことも増えてきた。そこで、今、西洋人はこぞって自分たちの家や事務所用の建物を建てているのだという。

「西洋人っていうのは、自分一人でいる時の姿を他人に見られるのをすごく嫌うの。だから西洋の部屋っていうのは四方が厚い壁でしっかりと囲まれて、戸には鍵がかかる。日本の寺みたいに、だだっ広くて全部が襖で、いつどこから人が入ってくるか分からないっていうような造りだと、安心していられない。それでとにかく、早く西洋式の建物を建てたいと思っているのよ。だから横浜の職人は仕事がいっぱいで休む暇もないわけ」

純也の解説はなめらかだ。

その時、髭《ひげ》をたくわえた西洋人が二人、近づいてきて何か言った。

純也は何か応えると、男たちは分かった分かったというようにうなずいて去っていった。

日乃出はびっくりして目を丸くした。

「西洋の言葉が分かるの」

「少しね」

「どうして。勉強したの」

純也の口元が得意そうにほころぶ。

「言わなかったっけ。あたし、船に乗ってフランスに行ったことがあるのよ」

日乃出はさらにびっくりした。少し前まで外国船に乗って海外へ行くことは禁じられていた。見つかれば死罪だ。

「密航じゃないわよ。ちゃんと幕府の命令を受けた使節団よ」

「咸臨丸《かんりんまる》？」

「あれはメリケンでしょう。あたしが行ったのはフランス。遣仏使節団」

六年前の文久三年、幕府の遣仏使節団が品川から出帆した。総勢三十三名の一人に十五歳の純也がいた。渡仏の目的は横浜鎖港談判である。すでにアメリカとの通商条約が結ばれているのだから、フランス側がこれを受け入れるはずもなく、一年後、失意のうちに使節一行は帰国した。

「学問ができたんだね」

「そうじゃない。……いろいろあったのよ」

純也の言葉は急に勢いがなくなる。

幕府の命を受けてフランスに行くというからには、それ相応の家の生まれなのだ。一族の期待を一身に受けていたのかもしれない。いくら明治の世になったとはいえ、どういう理由があって浜風屋で大福を作ることになったのか。

「あんただって、日本橋の大店の娘だったんでしょう。それがなんで、横浜くんだりまで流れてきたのさ。それと同じよ」

言われてみれば、その通りである。

「今の横浜はね、吹き溜まりみたいな土地なのよ。生まれ故郷にいられなくなった人や、昔の自分を捨てたい人、新しい自分になりたい人があちこち渡り歩いて、吹き寄せられて集まっているのよ」

なぜ、純也がまげを落としたのか。女形のような言葉づかいなのか。日乃出の心にたくさんの疑問が浮かんだ。それはフランスに行ったことと関わりがあるのだろうか。

「ああ、また船に乗りたくなっちゃった」

純也はのんびりした様子でいった。どこからか花の香りが流れてきた。

「船旅は楽しいの」

「まさか」

ぴしゃりと言った。

「毎日、見るものといえば海ばかり。船酔いは辛い。狭い部屋を男六人で使うから、お蚕棚《かいこだな》みたいなところで寝るのよ。蒸し暑くて汗臭くて、そりゃあ、ひどいもんよ。あたしなんか一番の下っ端だから、船酔いの看病したり、人の下帯洗ったりして毎日が過ぎるの」

「それでも船に乗りたいの」

「そう」

「どうして」

「船の上は、どこかに行く途中だから」

純也は遠くを見る目になった。目的地にはまだつかない。中途半端な自由な時間。陸にあがったら現実が待っているが、船の上では先送りできる。

「そうやって、嫌な事から目をそらして、面倒なことはやめにして、明日のことを気にしないで、毎日気楽にふらふらして生きていきたい」

「だって、純也さん……」

そんな風に生きていくことなんかできるはずがない。いつか、自分に向き合って、現実を引き受けなければならない日が来るはずだ。

「ふん。あんたに説教されなくったって、そんなことぐらい分かっているわよ。ここはさ、いろんな土地から逃げてきた人間が集まっているんだよ。みんな何かを失ったり、傷ついたり、そういう奴が身を寄せ合って生きているんだ。いろんな考えの人がいる。それでいいんだよ。他人のことをとやかく言うもんじゃない」

海の香りが濃くなって、工事現場が見えてきた。空き地に二十数人の男たちが働いている。ある者は穴を掘り、別の者がその土を運び出し、また別の男が石の土台を組み、その先では壁を積み上げ、塀を築いている。よく見ると、少し離れた先にも、またその先にも、同じような工事をしている場所がある。

「大福はいかがですか。浜風屋の大福です。焼きたてのほかほかですよ」

日乃出が大声を出した。

石工の親方が気づいて、寄って来た。

「ねぇちゃん、あんた、昨日、芝居小屋のあたりで売ってただろう。あの大福は甘くもなんともなかったよ」

文句を言う顔が笑っている。

「今日のは、おいしいです。七輪持ってきていますから、温かいです」

日乃出は七輪に網をのせて大福を焼きはじめた。男たちが手をとめて集まって来た。

「なんだ、こりゃあ売れ残った昨日の大福だろう。しっかりしてるなぁ」

「これがまずいんで有名な浜風屋か。しょうがない。別嬪《べっぴん》のねぇちゃんに免じて許してやるか」

そう言いながら、二個、三個と買っていく。

「今度は塩辛い饅頭を持ってきてくれ」と言う男がいた。別の男に「饅頭はいいから、明日は蕎麦にしてくれ」と言われた。

外国人居留地の現場の近くには日本人が好むような蕎麦屋も茶店もないから、小腹がすいても食べるものがない。だから文句を言いつつも、買ってくれるのだ。

仕事がいっぱいで休む暇がないほどだと言った純也の言葉はどうやら本当らしく、石工の男たちの財布はふくらんでいる。似たような現場をいくつか回ると、持ってきた大福はあらかた売れてしまった。

「大福もいいけど、おかずっぽいものの方が売れそうね」

純也が言った。日乃出も同じことを考えていた。大工や石工は体を使って仕事をしているから、甘い大福よりも、もっと腹にたまるものが欲しいのだ。

「だけど、大福も饅頭も甘い物だよ。私たちの仕事は甘い菓子を作ることでしょう」

日乃出が口をとがらせた。

「甘くない饅頭だってあるわよ」

まさか。本当にそんなものがあるのだろうか。びっくりしている日乃出を誘い、純也はすっかり軽くなった車をひいて西に向かった。

「どこへ行くの」

「いいから、黙ってついて来な」

大きな石造りの建物の並ぶ外国人居留地を抜けて山下町に行くと、風景が変わった。通りには小さな店が押し合いへし合いしながら並び、それぞれ赤や黄色の極彩《ごくさい》色《しき》に塗られた看板を掲げている。

中国人街だった。

「あんたに甘くない饅頭を教えてあげる」

純也は一軒の店に向かった。三つ編みにした髪をぐるぐる巻きにした女が立っている店先では蒸籠《せいろ》が湯気をあげていた。店の棚には壺や布袋がうずたかく積まれ、店全体に埃《ほこり》と黴が混じったような不思議な臭いが立ち込めている。純也が指で示すと、女が蒸籠の蓋《ふた》を開けた。湯気が立ち上り、白い饅頭が見えた。

純也は白い饅頭を三つ買った。一つは自分、もう一つは日乃出、残りは勝次へのみやげだ。

饅頭は手で持てないほど熱く、ふわふわとやわらかい。

「中に何が入っているの」

「いいから食べてごらんよ」

純也はにやにや笑っている。

思い切ってかぶりつくと、熱い汁が溢れて口の中いっぱいに広がった。強い獣の臭いに思わず悲鳴をあげた。

「あれ。あんた、肉を食べるのは初めてなんだ。中身は豚の肉と野菜を炒めた物よ」

吐き出す訳にもいかないので、目をつぶって飲み込んだ。その途端、頭をがつんと打たれたような気がした。

それは体が欲する味だった。

獣の臭いはもう気にならない。気がつくと手に持った饅頭はなくなり、ぬらぬらと脂で光る手を眺めていた。

薬食いと称してひそかに獣肉を食べる人達がいることは知っていたが、日乃出は肉を食べたことがなかった。外国人の多い横浜では、もう何年も前から牛肉などが取り引きされ、調理した物が店で売られていたのだ。

「病み付きになりそうでしょう」

「胸のあたりが温かくなった」

「肉を食べると血や肉が増えるんだってさ。西洋人の体があんなに大きいのは肉を食べるからなんだよ」

「ふかふかの皮はなんでふくらませてるの」

「うどん粉《小麦粉》にふくらし粉を混ぜているのよ」

口や手についた脂をてぬぐいでぬぐっていると、女が小さな壺を示した。一つ選べと言っているらしい。日乃出が壺に手を入れると、巻紙がたくさん入っている。

指に触れた一つを取り出した。

広げると漢字で何か書いてある。

「占いよ。今日はいいことがあったね、ごくろうさんとか、書いてあるのよ」

純也は屋台を引いて歩き出した。日乃出が後ろから押す。

「甘くない饅頭があるのを、初めて知った。純也さんに連れて来てもらわなかったら、ずっと知らないままでいたかもしれない」

「そんな大げさな事じゃないわよ。誰だって知らないことはたくさんあるわよ」

日乃出はうれしくなって空を見上げた。

「そうか、分かった。そういうことなんだ」

「なによ。何が分かったのさ」

「さっき言ったでしょう。毎日、わくわくしているって。今日は、甘くない饅頭に出合った。肉も食べた。ここではいろいろなことが起こる。退屈している暇がない。だから楽しいんだ」

饅頭は甘いだけじゃなかった。肉はおいしい物だった。目の前に知らない世界が広がっていく。

「ねぇ、甘くない饅頭、私たちも作ろうよ」

日乃出は元気よく言った。

浜風屋に戻ると、勝次とお光が二人で掃除をしていた。勝次が床をふき、お光が鍋を磨く。お土産に買った中華まんじゅうを渡すと、二人で分け合って食べる。なんだか、ちょっといい雰囲気である。

「甘くない饅頭をつくりたい」と日乃出が言うと、「それって、お焼きのこと」とお光がたずねた。

お焼きというのは信州《しんしゅう》の食べ物で、うどん粉の皮で中になすのみそ炒めや漬け物を包んで炉辺《ろばた》で焼いたものだ。

「うちのおっかさんは得意よ。信州の生まれだもの」

教えてほしいと頼むと、お豊がすぐに材料を用意してやってきた。

「お焼きだって、懐かしいねぇ。まず具を用意するか」

具は南蛮《なんばん》をきかせたごぼうとにんじんのきんぴら、かぼちゃの甘煮、たくあんと野菜の炒め物。手早く材料を刻み、かまどで煮炊きする。

次にお豊はまな板にうどん粉を山のように盛り上げた。中央にくぼみを作ってそこに湯気をあげている熱湯を注ぎ、粉をかぶせるようにして混ぜていく。熱湯を注ぐと、冷めても生地が固くならないのだという。

粉気がなくなって全体がひとまとまりになると、生地を細長くのばし、包丁でとんとんと切ってころころとした塊をいくつも作った。それを左手の上にのせてぎゅっと押し、平らにのばすと、きんぴらをひと匙《さじ》のせる。左手の上で回転させせながら少しずつ生地の縁をのばし、最後に口をきゅっとつぼめると、丸いお焼きの形ができあがっていた。

「上手ねぇ」

純也が感心したように言った。

「何言ってんだよ。包むのはあんたたちの専門だろう。松弥のじいさんに何を習ってきたんだ」

お豊はぽんぽんと言い返した。

「さぁ、あんたたちもやってみな」

お豊に勝次に純也、日乃出にお光も加わってお焼きをつくる。

しばらくすると、みんなの前に包み上がったお焼きが並んだ。手早くて、形のきれいなお豊のお焼き。いかにも几帳面《きちょうめん》そうな勝次のお焼き。純也とお光、日乃出のお焼きは大きさも大小あり、形もいびつである。

「大丈夫、大丈夫。後は数を作って、慣れればいいんだから」

鉄板で焼き、最後にじゅっとごま油を垂らして香ばしい焦《こ》げ目をつけた。

ぱりっと焼けた皮の中に、甘辛しょうゆ味のきんぴらが入っている。歯ごたえのある皮と具が口の中で一つになる。香ばしく、ぴりりと辛く、めりはりがきいた味だ。

「ああ、こりゃあうまい」

勝次がいった。

「これだわね。あの人たちには」

純也もうなずく。

お豊の横で、お光が頰を染め、うれしそうに笑っていた。


次の日から、きんぴらごぼう、かぼちゃの甘煮、野菜炒めの三種のお焼きを作った。屋台の七輪で保温した、ほかほかの温かいお焼きを売るのである。

外国人居留地の現場に行くと、五十個のお焼きはたちまち売り切れた。「こういうのが食べたかったんだ」と石工や大工は喜んだ。

翌日は百個、さらに次は百五十個、ついには日に二百個も売るようになった。

お光が作ってくれた「浜風屋のお焼き」と書いた赤いのぼりを立てて進むと、常連のお客が待っていてくれる。お焼きに使ううどん粉は豆大福のもち米よりもずっと安いし、中身はごぼうやにんじんなどの野菜と漬け物だからたいして元手はかからない。浜風屋にとってもありがたい品だ。

最初は恥ずかしいと嫌がっていた勝次も、そのうちにお焼き売りに加わった。二人ずつ交代で売りに出る。勝次は力があるので、勝次と組むと屋台を引くのは楽だが、強面で愛想笑いひとつ出来ないから、売り上げはあまり伸びない。日乃出と純也で行った時が一番売れる。

一日の仕事が終わると、稼いだ金を台の上に並べて三人で勘定し、帳面につけた。

目標は一日一両。一個十六文のお焼きが二百個で三千二百文。一両は四千文だから、一日一両の売り上げの目標にはまだ少し届かない。材料費などを引くと、残るのはわずかだ。

だが十日もすると、夕餉に売れ残りの大福を食べることはなくなった。三河屋に立て換えてもらった屋台のお代を返し、貯めていた店賃の一部も払うことができた。

いつものように三人で売り上げを勘定し、帳面につけていたときだ。ぽつりと勝次がつぶやいた。

「日乃出の手柄だな」

「家に帰らせなくて、よかったね」

純也が笑った。

「いえ、いえ。甘くない饅頭もあると教えてくれた純也さんのおかげですよ」

日乃出は言った。

二人に喜んでもらえて、日乃出もうれしくなった。

本当の事を言えば、いつまでもお焼きを作っていていいのかという気持ちがない訳ではない。そろそろ薄紅のことが気になっている。善次郎との約束の百日は長いようだが、のんきにしていたらあっという間に過ぎてしまうに違いない。

だが、まずは浜風屋なのだ。

薄紅を作ろうにも、日乃出一人ではできない。勝次や純也の手助けが必要だ。材料だって買わねばならない。粉と砂糖は店にある物を使わせてもらうにしても、卵がいる。卵は病人のお見舞いに持って行くほど高価なのだ。その金はどこで工面する。浜風屋で働いて稼ぐしかないのだ。

とにかく浜風屋なのだ。店が軌道《きどう》に乗って、余裕が出てきたら次の事が考えられる。自分の都合ばかり言っても始まらない。相手の役に立つこと。回り道のようでも、結局、それが早道なのだ。

「早く、薄紅を作れるようになれたらいいね」

純也が言った。図星をさされて顔をあげると、勝次と目があった。

「もう一度、菓子屋らしい菓子を作りたいんだ。日乃出には悪いが、薄紅の方はもう少し待ってくれるな」

勝次の言葉に日乃出も小さくうなずいた。

四、しゃんしゃん金銀小判の最中雨

暦は三月に変わったが相変わらず横浜の港から吹く風は肌を刺すように冷たい。それでも、井戸端の沈丁花《じんちょうげ》が小さな花をつけ、少しずつ春の気配が感じられるようになった。

その朝、勝次は小豆を炊くといって大鍋を出してきた。お焼きの売れ行きがいいので、このところ浜風屋ではほとんど餡を炊いていなかったのだ。使わなくても勝次がごしごし磨いているので、鍋は新品のように光っている。

三河屋に行った勝次はしばらくすると両手に小豆と砂糖を抱えて戻って来た。

「お豊さんがいい豆を出してくれた。これでつぶし餡を作ろう。おいしい浜風屋の餡を炊くんだ」

勝次はうれしそうに笑った。小豆はふっくらと丸く、つやつやと光っている。今までのしなびて固そうな豆とは大違いだ。これなら松弥に教わった通りの方法で小豆が炊ける。日乃出もいっしょに手伝うことにした。

かまどに火を入れ、大鍋に小豆とかぶるくらいの水を入れて炊き始めた。しばらくすると仕事場にはやわらかな小豆の香りが漂ってきた。鍋の中をのぞくと、小豆の皮がのびてしわしわになっている。

ひしゃくでくんだ冷たい水を注ぐと、沸き立っていた大鍋がしゅんと静まりかえる。これがびっくり水で、小豆の皮がのびるのだ。

沸騰したらアクを取るために煮汁を捨てて、新しい水を注ぐ。この作業が渋切り。橘屋では何度も渋切りをしてアクを抜くのだが、松弥の方法では渋切りは一回だけ。その後蓋をして小豆の風味を閉じ込める。

「松弥のじいさんは小豆の風味を大事にした。渋切りを何度もすると小豆の風味も消えてしまうんだ。くせをとって風味を残す、それが浜風屋の餡の炊き方だ」

小豆がやわらかく煮えるのを待つ間に、ザラメ糖を煮詰めて砂糖蜜をつくる。ザラメ糖は純度が高いので、後味がすっきりとした餡になる。最初から甘い砂糖蜜に漬けると、小豆がしまって甘味が中に入って行かないから、最初はザラメ糖の量を半分にする。

小豆が指で簡単につぶせるぐらいまでやわらかくなったら水気をきって、砂糖蜜につけて一晩おき、甘味を含ませる。

よく朝、残りのザラメ糖を足して汁気がほとんどなくなるまで、強火で一気に炊き上げる。その後、小豆の粒をつぶすように軽く練ってつぶし餡にするのだ。

この方法は松弥が自分で編み出したものだそうで、橘屋のつぶし餡の作り方とは違う。橘屋では小豆の皮を取り去ってこし餡を作る。そこに別の鍋で炊いて蜜漬けした小豆を混ぜていくのだ。そう日乃出が説明すると、勝次も驚いた顔をした。

「同じつぶし餡でも作り方が全然違うんだな。橘屋はさすがに手間のかかった炊き方をする」

翌朝、勝次はザラメ糖を加えてつぶし餡を仕上げた。日乃出は餡が冷めるのが待ちきれず、まだ熱いうちに味見をした。

勝次の炊いたつぶし餡は力強い小豆の風味があり、しかも甘さがすっきりとしていた。橘屋とは一味違う魅力がある。

「すごい。おいしいよ。この餡」

日乃出が言うと、「そりゃ、そうさ。当たり前さ」と勝次は相好《そうごう》をくずした。

「この餡で何を作ろう」

「酒饅頭」

日乃出が言った。

「いいなぁ。甘酒の香りがふんわりして。だけど、酒饅頭はこし餡でつくるもんじゃないのか」

勝次がたずねた。

「橘屋ではつぶし餡も作っていたわ。男の人は小豆の味がしっかりするつぶし餡好きが多いから、料亭や宿屋から注文が来ていたのよ」

橘屋の酒饅頭は小さめに作り、上に紅で赤い丸をつけた。微笑《ほほえ》みという菓銘で、赤い丸がめでたい気分にふさわしいと祝い事にも使われた。

「よし、同じようなものが出来るか分からないが、やってみるか」

お焼き作りは純也に任せて、勝次と日乃出で酒饅頭の生地に取り掛かった。白砂糖と酒粕をすりあわせ、清酒とうどん粉を加えて生地を作り、餡を包む。三十個ほど包み終えると、蒸籠で蒸した。

やがて部屋中に酒粕の香りが漂ってきた。

「楽しみ。楽しみ」

いそいそと蒸籠の蓋を開けた純也が、「ありゃあ」と声をあげた。

出来上がった饅頭は、皮がところどころ薄くなって餡が透けている。品のいい小さな饅頭ができるはずが、田舎風の素朴なものになってしまった。これでは紅をさすこともままならない。

最初に日乃出がつくった餡玉が大きかったからか、二人の包み方が悪かったのか。あるいは、その両方か。

「三十個が無駄になったか。久しぶりだったから勘が狂ったなぁ」

勝次が残念そうな声を出した。

純也は蒸籠から熱々の酒饅頭を取り出して、口に運んだ。

「もったいないわねぇ。食べると、おいしいのに」

うらめしそうな目で眺めている。

「箱にでも入れると、少しは様になるのにね」

日乃出がつぶやくと、純也が振り向いた。

「箱ならあるわよ。たくさん」

「ああ。上等な奴がある」

勝次が二階の納戸《なんど》から贈答用の桐箱と掛け紙を出して来た。掛け紙は松原と浜辺を描いたもので、厚い和紙をつかった立派なものだ。

今では想像もつかないことだが、松弥がいた頃は浜風屋の菓子は人気があっておつかいものにされていたのだ。

桐箱に並べると、酒饅頭の表情が一変した。事情を知らない人が見たら、失敗作ではなく、もともとこういう菓子だと思わないだろうか。

「いやぁ、それはどうかなぁ。もう一工夫いるぞ」

勝次が思案している。

「菓銘を花吹雪《はなふぶき》ということにして、桜の花びらを添えたら、どうかしら。紅色の紙を切って花びらにみたてるの」

日乃出は薄紅色の紙を花びらの形に切って添えた。

「ねぇ、この花びら、二つ折にして文字を書いたらどうかしら。ほら、この前、中国人街でおみくじもらったでしょう。あんな風に」

純也が言った。

日乃出が細筆で春風吹いて待ち人来るとか、水ぬるんで便り来ると書けば、純也が芦《あし》の水辺で鷺《さぎ》の思案と、分かったような分からないような文を書く。

桐箱に入れて完成である。ところどころ餡が透けて見える酒饅頭は、白一色にない風情が感じられる。桜の花びらに見立てた切り紙を散らした趣向も面白い。

「あらら。失敗作が大変身。あたしはこっちの方が好きだわ」

純也が言った。

「さあ、これをどうするかだ。どの店に持って行く」と勝次。

「決まっているよ。鷗輝楼だよ」

日乃出の言葉に二人の目が丸くなった。

「だって、鷗輝楼は吉原の中よ。女は入れないのよ」

「切符があれば、女だって入れるんでしょう。売りに行くんなら吉原一の店に行かなくちゃ。鷗輝楼が買ってくれましたっていえば、後の店もそれに倣《なら》う」

「だけど、あんた鷗輝楼の本当の楼主は谷善次郎なんだよ。妾《めかけ》のお利玖《りく》って女が仕切っているけど、これが横浜一の切れ者だって噂だよ」

「知っている。だから行くんだ。少しばかり皮が不揃いだけど、それはそれで面白い。浜風屋でもこれぐらいの物を作れますってところを見せなくちゃ」

日乃出は強い目で純也の顔を見返した。勝次が応えた。

「そうだな。横浜の店で善次郎の息のかかってない店はない。どこでも同じなら、鷗輝楼だ。俺がいっしょに行く」

まげを整え、黒紋付きの羽織姿に着替えた勝次は、見違えるように立派だった。改めて見れば、勝次は商人というより侍の顔をしている。これで刀でも差したら、かなりの遣い手に見える。いや、本当に強いのかもしれない。これなら、町の仕切り屋たちもおいそれと近づいては来ないだろう。

二人で店の外に出ると、稽古帰りらしいお光と出会った。お茶か、お花か行儀作法か。濃紺の綸子《りんず》の道行《みちゆき》の下には、春らしい淡い黄色の着物を着ている。勝次を見た途端、お光の顔が輝いた。

「勝次さん、着物がよく似あうわ。今日はどちらに」

下がり目がいっそう下がり、頬が染まっている。お光はここぞとばかりに、あれこれたずねる。勝次は照れているのか、いつもの仏頂面で短く応える。話は酒饅頭を作るあたりから中々進まない。鷗輝楼に売りに行くと伝わるまで、後どれくらいかかるだろう。日乃出は二人から少し離れた。

それにしても、お光は一体勝次のどこが良くて、あんなにうれしそうな顔が出来るのだろう。勝次がやさしくて、まっすぐな気性の男だというのは分かってきた。紋付きの羽織姿は立派だ。だが、顔は仁王様である。お光はぐいぐい引っ張ってくれる人がいいと言うが、今のところ勝次がお光を引っ張る様子はない。先に話しかけるのはいつもお光。逆はない。

そもそも勝次はお光のことをどう思っているのだろう。うれしいのか、うれしくないのか。そっけないのは照れているのか。それとも、もともと関心がないのか。

どうなのだろう。日乃出は不思議な気持ちで二人を眺めた。


吉原の大門をくぐり、仲之町《なかのちょう》通りを進む。昼前なので通りを歩く人もまばらで、暇を持て余した男衆が将棋を指しているのが見えた。鷗輝楼は一番奥、金毘羅《こんぴら》様の手前にある。竜宮を模したらしい赤い飾りをおいた豪壮な建物である。

勝手口にまわり、浜風屋という菓子屋の者で新しい菓子を見てもらいたいと告げた。小さな座敷に通され、待っていると黒い着物を着た女がやって来た。鷗輝楼の女将、お利玖と名乗った。

年の頃は三十か。肌が抜けるように白く、切れ長の美しい目をしている。さすが天下の谷善次郎の妾。しかも美しいだけではない。横浜でも名の聞こえた切れ者なのだ。

桐箱を開けて饅頭を見た。白い饅頭に薄紅の花びらが散っている。

「花吹雪饅頭でございます」

お利玖の口元にふうわりと花が咲いたような笑いが浮かんだ。

「出来損ないに銘をつけたか。面白いことを考えたなぁ」

お見通しである。番頭を呼んで、一つずつ食べた。

「味は悪くないですな。しかし、酒饅頭ならどこにでもありますからねぇ」

番頭は遠慮のない様子で言った。鷗輝楼にあがる客は日本橋あたりから商談に来るものも多い。横浜らしいものがいいので、西洋菓子をおいているそうだ。

「うちで使っているのは牛の乳から作った脂を使うケーキというものなんだよ。獣臭いという人もいるけどね、これが新しい時代の菓子だというと、まぁ、みんな喜んで食べる。横浜は東京にない物があるというのが売りだから」

お利玖は細い指先で和紙の花びらをつまんだ。中を開いて、くすりと笑った。

「この花びらの仕掛けを考えたのは、誰かねぇ」

眼差《まなざ》しが日乃出に向けられた。はっとするような色気がある眼差しだった。

「出来損ないの饅頭ならせいぜい一個二十文、花吹雪饅頭という銘にして花びらの占いをつけたら五十文、六十文の価値がでる。面白いねぇ、商いっていうのは」

「鷗輝楼さんで、おひとついかがでしょうか」

勝次が言った。

「饅頭はいらん」

お利玖はぴしゃりと応えた。

「だけど、この花びら占いの思いつきは面白い。こっちを買おう。最中《もなか》皮千個、明日までに用意できるか。明日、野毛山の別邸で谷善次郎の宴会がある。その時、最中皮の中に占いを入れるんだ。最中皮は大小あってかまわない。色も、あれこれ混ぜてほしい。ただし、ふかふかのやわらかいのは困る。上等のもち米を使ってしっかりと焼いた、固い最中皮にしてくれ」

「最中皮だけでいいんですか。餡はなしで」

勝次がたずねた。

「そう。最中皮だけだ。詰め物はこちらで用意する。せっかくおいしい餡だけど、悪いねぇ」

前金だといって紙包みを渡された。そっと指先で中身を確かめた勝次が、一瞬、低くうなったのを日乃出は聞き漏らさなかった。

鷗輝楼を出ると日乃出はすぐにたずねた。

「前金はいくら入っていたんですか」

「三両だ」

勝次は小声で応えると、紙包みを開いてみせた。金色の小判が光っている。日乃出は思わず息を飲んだ。

最中皮の値段としては、べらぼうだ。三両あれば、浜風屋は何日暮らせるのか。薄紅用の卵がいくつ買えるのか。前金ということは半金か。仕事が終わったら六両もらえるのか。そうなれば、少し本腰を入れて薄紅作りに取り組むこともできるはず。だが最中皮は千個である。明日までに千個を用意できるのか。

いろいろな考えが一気に日乃出の頭の中を駆け巡った。勝次も同じらしい。背筋がぐっと伸びた。

「この機会を逃す手はないぞ。とにかく最中皮を集めるんだ」

二人は息をきらし、走って帰った。お焼きを売りに行った純也はまだ戻って来ていない。

最中皮は菓子屋で焼くのではなく、材料屋から仕入れることが多い。湿気やすいし、古くなれば風味が落ちるからだ。

しかし材料屋にもさほどの在庫がある訳ではない。鶴見の方に最中皮専門の職人がいると教えられたので、日乃出が頼みに行くことにした。勝次が注文書を書き、前金を包んでいると、純也がむくれて戻ってきた。後からお焼き売りに合流するという約束だったのに、誰も来ない、お焼きはとうに売り切れたというのである。

訳を説明し、純也は三河屋の定吉の知っている菓子の材料屋に走る。勝次は知り合いの菓子屋をたずね、手元にある最中皮を融通してもらうことにした。

日乃出は鶴見の最中職人に頼みこみ、夜までかかって新しい最中皮三百個を焼いてもらった。勝次が三百、純也が四百集めて、なんとか千個用意できた。

翌朝、三河屋から借りた大八車に最中皮をのせて、野毛山の谷善次郎の別邸、白《はく》雲閣《うんかく》に向かった。

白雲閣は噂以上の豪壮さだった。ぐるりと大きな塀に囲まれて、外からは中の様子がうかがいしれない。裏門から入って林の中の道を進む。木の間隠れに四階建ての石造りの巨大な洋館や西洋式の庭園、庭をのぞむ和風の離れが見える。数寄屋《すきや》造りの屋敷につくと板の間に通された。すでに二人の女中たちが待ってい て、勝次と純也と日乃出の三人とともに最中を作るのである。

ただし、中身は餡ではない。

銭だ。

桐箱の中には、日本の小判、銀のほか、外国の金貨、銀貨、銅貨がぎっしりと入っている。これを最中皮に詰める。宴がたけなわとなった頃、客たちは屋敷の中を練り歩き、銭の入った最中を投げる。太鼓持ちに芸妓、東京から招かれた相撲《すもう》取りや噺家《はなしか》や手品師、外国の踊り子や歌い手が競って拾うという趣向だ。

「去年は紙で包んでおひねりにしましたけれど、今年は最中皮にするんだそうです。お客様がこれをまいて、みんなで大声あげて取り合うんですよ。もちろん、私たちも加わってね。やっぱり、本物のお金でないと、みんな本気になりませんからね。太鼓持ちはわざわざ池に落ちてみせますよ。そりゃあもう、にぎやかなことになりますよ」

年かさの女中が言った。外国の貨幣は丸に善の字を書いた善次郎の両替商に持って行けば、日本の金と換えてもらえる。

「そりゃあ、豪勢なことで」

勝次はそう言ったまま、後が続かない。最中皮には食べ物を詰めるとばかり思っていた。ただの入れ物で食べずに捨ててしまうというのは、菓子屋にしたら納得のいかない話だ。最初から分かっていたら、もっと安い材料で作らせた。上等のもち米を使ったりしなかっただろう。

だが、そう思っても口には出せない。勝次と純也、日乃出は顔を見合わせてうつむいた。

それから五人はひたすら最中をつくる仕事に没頭した。大きな最中の中身が銅銭一枚きりで、小さな最中に金貨が入っていることがある。つまりは運試し。中身が見えないところが面白い。だから、大きさも色も形もいろいろ取り混ぜて欲しいと言われたのだ。

握り飯で昼餉をとっても、出来上がった最中はまだ半分ほど。銭が足りなくなると、勝次と純也は奥の帳場に取りに行かされた。

夕方になり、ようやく最中の山も小さくなって終わりが近づいて来るころになると、表の方から相撲の寄せ太鼓の音が響いてきた。宴《うたげ》の始まりが近づいているのだ。

勝次と純也が銭を取りに席を立ち、入れ替わりのようにお利玖が顔をのぞかせた。遠目には黒く見えるが、近くによるとごく細い縞《しま》の着物の襟を詰め、地味なお太鼓でしゃっきりと着ている。髪に挿した赤い珊瑚《さんご》玉のかんざしだけが飾りだ。

「日乃出って言ったね。ちょいと手を休めて、庭を見てごらんよ」

誘われて日乃出が窓から顔をのぞかせると、広い庭の一角に土俵がつくられ、若い力士がぶつかり稽古をしている。

「春風山も鶴が峰も来ているんだよ。この後、相撲をとるのさ。異人さんは、とりわけ相撲が好きだからねぇ」

目を細めたお利玖の体から甘い香りが漂ってきた。

門から玄関に続く道の両脇には赤々とかがり火がたかれ、客たちが続々と昇ってくる。金色の陣羽織に赤い帽子の出で立ちで白馬に乗ってくる男がいる。その後ろには青い服の御者を乗せた四頭立ての馬車が続く。馬車の横を毛足の長い、大きな犬が走っている。大名行列さながらに、毛槍を持った奴《やっこ》を先頭に金銀で飾った豪華な駕籠の列が連なる。

その華やかさ、豪華さはまるで歌舞伎の舞台を見るようだ。

公方様の時代なら許されるはずもない贅沢だが、今は明治の御世なのだ。しかもここは横浜だ。

「この白雲閣は夢の国、何をしても許される場所だ。遠く中国、シンガポール、京、大坂、長崎からもお客さんがやってくる。エゲレス、フランスの役人、軍人、商人と、いつもは角突きあっている人たちも、ここでは隣り合って笑うのさ」

お利玖は愉快そうに身を乗り出して、客たちが挨拶する様子を眺めた。

とりわけ豪華な駕籠が止まり、中から人が現れた。

あでやかな打ち掛けを着た若い娘である。次々と駕籠から娘たちが降りてくる。

ある娘は赤の打ち掛け、次の娘は青、その次は黄色とあたりは花が咲いたようになった。髪を吉原の太夫のように大きく結い、何本ものかんざしを挿している。

「ああ、お慶《けい》さんだ。あんた、大浦《おおうら》のお慶って名前を聞いたことがあるかい」

日乃出は首をふった。大浦お慶は長崎の商人で、茶の湯の輸出で巨額の財を築いた。貿易の中心が長崎から横浜に変わるので、拠点を移そうとしているのだという。

「今、降りてくるよ、見ていてごらん」

一番大きくて豪華な駕籠が開くと、花嫁のような白無垢《しろむく》の女が降りてきた。輝くような白は鮮やかな色彩の女たちの中で、ひときわ目立った。年の頃は三十がらみ、いや、もっと上かもしれない。狐のように目じりがあがり、唇に紅をさした姿は遠目からも自信にあふれ、堂々と美しく輝いていた。

「尾形光琳《おがたこうりん》の衣装くらべだね」

光琳は江戸がもっとも華やかだった時代に活躍した絵師だ。雁金屋《かりがねや》という裕福な呉服商の息子で、贅沢というものをとことん知り尽くしている男だった。その頃、豪商の妻たちの間で衣装くらべというものが流行っていた。光琳は、銀座商人中村《なかむら》内蔵助《くらのすけ》の妻にこう助言した。自らは白無垢の着物に羽二重の打ち掛けを着、その侍女たちには花のごとく着飾らせよ。

お慶は光琳の故事に倣い、衣装を整えてきたというのだ。

「銭っていうのは、いいもんだねぇ」

お利玖はうっとりとつぶやいた。

「あたしも長崎にいたんだよ。長崎には自分で金を稼いで、自由に使っている女たちが何人もいた。お慶さんはその筆頭だね。女だってね、銭があれば、人に頭を下げなくて生きていける。誰に気兼ねせず、思うままに生きられる」

お利玖はしみじみとした調子で言った。

「みんなはあたしのことを善次郎の妾だっていうけどね。あたしは善さんからお手当てをもらったことなんかないんだよ。鷗輝楼のあがりで食べている。金も貯まったからね、あの妓楼も買いとるつもりなんだ」

日乃出は改めてお利玖を眺めた。お利玖は日乃出がはじめて見る種類の女だった。母の妙も叔母の幾も、夫に従うのをよしとしていた。母が父の仁兵衛に逆らったり、声を荒らげたりするのを見たことがなかった。何かあるときは必ず仁兵衛に相談し、判断を仰いだ。

けれどお利玖は違う。

花吹雪饅頭を見せた時、お利玖は最中皮を持って来いと言った。

誰に相談するのではない。誰かの言葉を伝えるのではない。自分で決めていた。

「善さんからあんたの話は聞いているよ。面白い子だってね。どうだい。まだ、忠とか義とかを信じてるかい。新しい世の中を動かすのは、新しい仕組みなんだよ。これからは、金を動かす人が時代の中心になるんだ」

お利玖は日乃出を値踏みするように見た。

「あんたも銭を使えるようになりな。誰かにもらった銭じゃだめだよ。あんたが自分で稼いだ金だ。貯めるばかりじゃだめだよ。金を動かすんだ」

はるか向こうの空の一点を見つめている。

「だけど、それにはあの店にいたんじゃだめだ。勝次って男は侍あがりだ。女は三歩下がって男につき従えって考えでいる。今はいい。だけど、そのうち、あんたを抑えつけようとするよ。自分より、あんたの方が出来ると思ったら、つぶしにかかる」

勝次さんはそんな人じゃない。

とがらせた日乃出の唇をお利玖の白い指がそっとなでた。

「あの男が悪いんじゃないよ。何百年もそういう世の中だったんだ。それが自然なんだ。見ててご覧。あたしの言う通りになるから。そしたら、いつでもあたしのところにおいで。あんたを見込んで言っている。悪いようにはしない」

日乃出の目の前にお利玖の大きな瞳が迫っていた。その時、足音がして勝次と純也が戻って来た。お利玖は日乃出から体を離し、何事もなかったように立ち上がった。

荷車を引いて帰る時には日が暮れて、寄せ太鼓の音がいっそう華やかにあたりに響いていた。勝次が懐から紙包みを出して数えた。七両入っていた。前金と合わせて締めて十両。

「ちぇ」

純也が言った。

「最中皮を集めただけで十両もらえたら、餡を炊くのがばかばかしくなるじゃないの。どうして物を作る奴より、右のものを左に動かすだけの奴の方が儲かるのかしら」

「それが商いってもんなんだろう」

勝次が応えた。

相撲の寄せ太鼓が止んで静かになった。いよいよ、最初の勝負がはじまるのか。

白雲閣の宴はやっと始まったばかり。相撲があって、肌もあらわな異国の女たちの歌や踊りと続き、西洋の曲馬団の演技があって、虎と獅子の火の輪くぐりと続く。

相撲取りは一升酒を茶碗の水でも飲むように何杯も飲み干し、何十人分もの料理を食べるそうだ。それは見ているだけで気持ちがすっとなるほど豪快だという。

お客たちが屋敷中を練り歩きながら最中をまくのは中締めだ。

芸妓も女中も相撲取りも西洋の踊り子も腕を伸ばし、声をあげ、這いつくばって金を奪い合う。

金、金、金。

この世で力のあるのは金。金がなくてははじまらない。

最中をまく者も、拾う者も、金の力を思い知る。

この宴の最高潮だ。

やがて美女を伴って部屋に引き上げる者があり、大枚をかけた賭け事に興じる者がおり、そうして宴は朝まで続くのだ。

日乃出はそっと後ろを振り返った。

木立の間から、白雲閣の屋根が見えた。かがり火に照らされて屋敷全体が明るく燃えているように見えた。

お利玖の言葉によれば、今の横浜には日本中の銭が集まっているという。新しい建物ができ、仕事が始まり、人が集まる。金儲けをするなら、横浜なのだそうだ。だとすれば、横浜にはお利玖やお慶のように自分で考え、自分で決める女たちがたくさん生まれるのだろうか。

「何を考えているんだ」

勝次が不機嫌な顔で言った。

「あの女に何か言われたか知らないが、まともに聞くんじゃないぞ。人の生き方は昔っから決まっている。女の幸せっていうのは好きな男と所帯を持って、その男の子供を産んで、普通に暮らしていくことだ。人の道をはずしちゃ、なんねぇんだ。鷗輝楼なんかに遊びに行くんじゃないぞ」

「分かっています」

日乃出は口をとがらせた。勝次の言う幸せは、日乃出が願うものとは少し違うような気がする。だが、お利玖のように生きたいかと問われれば、それも違う。

お利玖が言ったように、いつか勝次が日乃出を抑えつけようとする日が来るのだろうか。

日乃出は荷車をぐっと押した。扉を開くと、新しい世界が開ける。その先にはまた新しい扉が見えてくる。先の事は分からない。だが、今は、勝次と純也と三人で力を合わせて前に進むのだ。

五、恋のさやあて桜餅

白雲閣の仕事が終わって数日が過ぎた。

日乃出達は思いがけなく手にした十両で材料を仕入れ、花吹雪饅頭を何度も作った。繰り返し作るうちに手がなれて、姿も美しく整ってきた。皮の厚いところと薄いところがあって、餡が透けて見えるから花吹雪饅頭である。浜風屋のとびきりおいしいつぶし餡を見せたいのだ。どんなに上手になっても、いや、上手になったからこそ、饅頭の微妙な表情を大事にしたい。日乃出達は工夫をこらした。

改めて鷗輝楼に持って行くと、少しだが注文をくれた。鷗輝楼で扱ってもらったといえば吉原の中はもちろん、横浜のどこの店も悪い扱いはしない。面白いように注文がとれた。

一日の仕事が終わって三人で夕餉をとる。今日はいくら売れた、いくらの注文が入ったとしゃべっていると、日乃出の心に「この調子なら、百両は案外簡単に集まるのではないか」という気持ちが浮かぶ。

その気持ちを見透かしたように勝次が「気を緩《ゆる》めるんじゃないぞ。相手は追いはぎ善次郎だからな」と繰り返した。

善次郎がよく使うのは、貸しはがしという手だ。金を貸しておいて、何かの理由をつけて返せという。現金がなければ店も土地もとられてしまう。

「だけど、あたしたちは善次郎に金を借りている訳じゃないでしょう。三河屋さんに借りていた家賃も払い終わったし、身軽なもんよ」

純也が言った。

「今までは、俺たちを泳がせていたということも考えられる。どうせ、何も出来ないとたかをくくっていたら、案外、店が繁盛してきた。そろそろ揺さぶりをかけてみようと思うかもしれない」

善次郎は掛け軸を賭けて、勝負をしようと言ったのだ。

おいそれと掛け軸を渡す気持ちはないだろう。

勝負するなら、薄紅なのだ。

日乃出は少しずつ薄紅の試作を進めていた。薄紅は卵を使う。卵は高価なのでそれまでの浜風屋ではなかなか買う事ができなかった。白雲閣の仕事で十両が手に入って、ようやく十個、二十個とまとまった量を買えるようになったのだ。

仁兵衛は卵を混ぜて、砂糖や粉を加えていたような気がする。その後は蒸していたか、焼いていたか、定かではない。勝次が松弥に卵煎餅の焼き方を習ったというので、一緒に作ってみた。卵とうどん粉で生地を作り、鉄板で焼く菓子だ。粉や水の分量を増やすと、薄く広がってさくっとした焼き上がりになる。だが、厚みをつけて中をしっとりさせるのが難しい。日乃出は作っては考え、考えては作るということを繰り返していた。

その日は前日までの冷たい雨がやんで、春めいていた。吉田橋あたりの桜もつぼみがふくらんで、赤みがさしはじめてきたという。

昼過ぎ、浜風屋に一人の男がやって来た。背の低い、顔ににきび痕《あと》のある男で、年の頃は二十をいくつか過ぎたくらいか。まげを結い、くたびれて縞がにじんでいるような着物に、元は黒色であったと思われる鼠《ねずみ》色の羽織を着ている。

店には日乃出と勝次、お光がいた。この頃、お光は何かといえば浜風屋にやって来て勝次の世話を焼いている。

「桜餅をご用意いただけないでしょうか」

男は言った。

それならと日乃出はその朝、用意したばかりの桜餅をみせた。米の粉を水で溶いて鉄板で薄く焼き、餡玉に巻いて桜の葉の塩漬けで包んだ江戸風の桜餅だ。

桜餅のはじまりは、銚子《ちょうし》の出で長命寺《ちょうめいじ》の門番となった山本新六《やまもとしんろく》という男が墓参りの人をもてなすために考えたものといわれる。もともと隅田川堤は桜が多かったが、享保年間に桜が植え足されて桜の名所となった。それを機に山本が茶店をだしたところ、人づてに評判になった。百年ほど後の文政年間の記録によれば、使った桜の葉は七十七万五千枚、商った桜餅の数は三十八万七千五百個という。

そんな人気の菓子を、他の店が放っておくわけはない。いつからか雛祭りには欠かせない菓子となった。橘屋もうどん粉に米粉を加えてふんわりと口どけよく焼き上げた皮で、丁寧にさらしたこし餡をはさみ、塩漬けした桜の若葉をくるんだものを作っていた。

日乃出の提案で、浜風屋の今年の桜餅は橘屋風のものとなった。午後、商いのある妓楼や料亭に見本を届けようと用意していたところだ。

男は日乃出の差し出した桜餅を見て、もじもじしている。

「これが桜餅ですが。何か」

「いや、こちらではなくて。もっと、もちもちした、おこわみたいなもので作っている」

「ああ、道明寺《どうみょうじ》のね」と、日乃出より先に勝次が応えた。

「そう、その道明寺、ですか。なんでも、京都の方では、そういう桜餅を食べているとか」

「上方風のね。ああ、わかりました。私も一度、京都で食べたことがありますよ。あれもおいしいですねぇ」

いつも口数の少ない勝次にはめずらしく、話がはずんでいる。

桜餅には江戸風と上方風がある。京大坂で桜餅といったら、道明寺粉でこし餡を包み、塩漬けの桜の葉を巻いたものを指す。道明寺粉は蒸して乾燥させ、粗挽きをしたもち米だから、もちもちとしている。京や大坂で生まれ育った人なら、江戸風の桜餅はあっさりしすぎて物足りないだろう。

「はぁ、そういうものなんですか」

男は自信なさげに言った。どうやら話に聞いてきただけで、自分では見たことも、食べたこともないらしい。

「こちらでは箱や掛け紙を工夫してもらえると聞いたので……。数は少しでいいんです。できれば女の人が喜ぶような包みにしてもらって……」

顔をあからめながら、とつとつと話した。

「女の方への差し上げ物なんですね」

日乃出が確かめた。

「はい」

男は大きくうなずいた。

「鷗輝楼の露草さんへ贈るものです」

「太夫へ差し上げるんですね」

勝次が緊張した面持ちになった。露草といえば、吉原で聞こえた太夫である。その太夫へのみやげとなれば、贅を尽くし、意匠をこらす。桜餅に金を巻いた象牙の楊枝を添えたいなどと言われるかもしれない。

「送り主様はどちら様でしょうか。差支えなければ、お聞かせください」

「いやいや」

男はあわてて手をふった。

「これは、まったく私一人が考えたことで。先日、露草さんが京都風の桜餅が好きだとおっしゃったので、ご用意したいと思いまして」

「お客様が太夫に差し上げるということなんですね」

勝次が念を押す。

日乃出は改めて男の着物を眺めた。どう見ても、金がありそうには思えない。

鷗輝楼は吉原一の妓楼だ。上がるだけでも料理や酒のほかに、心付けだのなんだのと大層な金がかかる。上がったからといって、すぐに露草と親しくなれるわけではない。一度目は顔見世、二度目に裏を返して、三度目でやっと馴染みになる。あきれるほどの金を使って、それでも太夫のご機嫌が悪ければ、さっさと帰ってしまう。

この男は本当に太夫に会ったのか。話に聞いた太夫に桜餅を届けようというのではなかろうか。

指に墨がついているのを見て、日乃出は合点がいった。

「お客さん、通詞《つうじ》なんですね。それで、太夫と顔を合わせたことがあるんだ」

男は大きくうなずいた。

名を三浦圭介《みうらけいすけ》といい、谷善次郎のところでエゲレス語の通詞をしている。エゲレス人の貿易商の接待について鷗輝楼に上がり、露草に会った。何かの話のついでに京都風の桜餅が食べたいと言ったのだ。

勝次は腕を組んで考えている。三浦は不安そうな目でその勝次を見ている。

道明寺粉は蒸せばいいので、扱いそのものはさほど難しくない。上方風の桜餅を作れないことはないのだが、果たしてそれをもらって露草が喜ぶか。通詞の気持ちをくんでやさしい言葉をかけてくれるのか。

「いや、おっしゃりたいことは私も分かっています。千にひとつ、万にひとつ、露草さんが私に振り向くことはないことも知っています。ただ、ただ、桜餅を喜んでいただけたらうれしいと。それだけです」

三浦の目は真剣だ。

「ねぇ、勝次さん。作ってあげたら、どうかしら」

お光がそっと言葉を添える。

「分かりました。引き受けましょう。道明寺粉を取り寄せるのでお時間をいただきます」

勝次は応えた。

お光はすぐに三河屋に道明寺粉があるか調べに行き、やがて、しょんぼりとした様子で戻ってきた。三河屋には道明寺粉がなかった。横浜の菓子材料屋にあたってもらっているが、東京から取り寄せるしかないようだ。

「それじゃあ、東京から取り寄せるか」

勝次はそう言った。

日乃出はそれで話はすんだと思っていた。だが、純也も戻って夕飯になったとき、勝次が突然、「ういろうで作ってみようか」と言い出した。日乃出は最初、何の話か分からなかったが、すぐに三浦の注文のことだと気づいた。勝次は昼からずっと、そのことを考えていたのだ。日乃出は昼間、三浦という通詞がたずねて来たことを純也に話した。

「ういろうって、名古屋とか小田原の、あのもちもちした菓子のこと？　太夫が気に入ってくれるといいけどね」

純也が言った。

「うちの田舎じゃ、米粉に葛《くず》を加えてういろうを作るんだ。つるんとして、うまいんだよ。それを薄紅色に染めたら、桜の菓子にならないかと思ってさ」

勝次は日に焼けた、えらの張った顔をほころばせている。

ういろうというのはもともと薬の名である。室町時代、将軍足利義満《あしかがよしみつ》に仕えた大《たい》年宗奇《ねんそうき》という中国からの帰化人がいた。宗奇は中国伝来の透頂香《とうちんこう》という薬を売り出して評判をとった。ういろうというのは、宗奇の父親、宗敬が中国、元の朝廷に仕えていた頃の官職名、礼部員外郎《ういろう》にちなんでいる。

透頂香は苦い薬で、口直しに当時貴重だった砂糖をなめた。それが米粉を水で溶いて砂糖を加えて蒸した菓子へと発展したらしい。小豆や黒砂糖などを加えて風味をつけたものもある。

勝次は夕餉の膳を片付けると、仕事場に立った。日乃出も卵と粉を取り出し、薄紅の試作を始めた。

薄紅は卵白と粉と砂糖を加えて半円形に焼き、間に和三盆の蜜《みつ》をはさんで作る。分かっているのは、それだけだ。

最初は卵煎餅の作り方をまねてみた。

うどん粉と砂糖、卵を混ぜ、水を足してたねを作り、鉄板に流して焼く。これが卵煎餅だ。薄紅は卵白で作るから、卵を卵白に変えて作ってみた。たねは鉄板の上を流れて広がり、ふくらまなかった。

薯蕷《じょうよ》饅頭の皮は粉に山芋のすりおろしを加えてふっくらとさせている。うどん粉、砂糖、卵白に山芋のすりおろしを加えてたねを作り、焼いてみた。たしかに、ふんわりとふくらむ。だが、外はしゃりっとして中はしっとりという風にはならない。

どうしたら、あんな食感になるのだろう。

何か特別な物を入れていたのだろうか。

今日はたねに葛粉を混ぜてみた。だが、葛粉がうまく混ざらない。葛を水で溶いて加えてみたら、こんどは卵白の泡が消えてしまった。

失敗である。

せっかくの卵がまた無駄になった。

こうして、出来損ないの卵焼きばかりがお膳に並ぶ。

がっかりしていると、鼻歌が聞こえてきた。横を見ると、勝次の顔が見えた。微笑んでいる。米の粉と葛と砂糖を混ぜながら、楽しそうに何か口ずさんでいる。浅草観音の仁王様が笑っている。

そんな勝次の顔をはじめてみた。

日乃出が失敗したたねで卵焼きを作っている隣で、勝次は長方形の木桶にたねを流し、蒸籠で蒸しはじめた。

勝次は蒸し上がったういろうを井戸水で冷やして切り分け、日乃出と純也を呼んだ。

「どうだろう」

日乃出はぷるぷると揺れるういろうを一切れつまんで口に入れた。つるりとなめらかな舌ざわりがあり、やわらかな甘さが広がった。ほのかな葛の香りがある。

勝次が少し不安そうな目で見ている。

「うん。おいしい。こんなういろうは初めてだ。露草さんもきっと気に入るよ」

日乃出が言うと、純也も手をのばした。

「あら。洒落た味ねぇ」

「そうか。洒落ているか。萩《はぎ》の田舎のういろうだぞ」

勝次は顔をくしゃくしゃにした。笑うと目が糸のように細くなった。

「萩って、長州《ちょうしゅう》の」

日乃出は驚いてたずねた。

「そうさ。松下村塾《しょうかそんじゅく》のあった萩だ」

松下村塾は吉田松陰《よしだしょういん》が主宰し、高杉晋作《たかすぎしんさく》や久坂玄瑞《くさかげんずい》、伊藤博文《いとうひろぶみ》たち明治維新の志士を育てたことで知られている。勝次は少し得意そうに、その名を告げた。

「あら、いやだ。勝さんは松下村塾の塾生だったのね。どうして、今まで黙っていたのさ」

純也が声をあげた。

日乃出は何も言わなかった。

長州は嫌いだ。不快な気持ちがじわじわと湧いてきた。

日乃出には難しいことは分からない。だが、橘屋は長年公方様の御用を賜《たまわ》って来た。その橘屋から見れば、官軍は敵だ。騒がしく江戸に乗り込んでめちゃくちゃにした人達だ。

そもそも長州は朝敵として京都を追い出されたはずではなかったか。それがいつの間にやら錦の御旗を立て、帝《みかど》を支える官軍となって公方様方と争い、ついには公方様を江戸城から追い出した。

それだけではない。橘屋が公方様や大名家の御用を賜っていたと知ると、目の仇《かたき》にした。橘屋では何も買うなとふれを出し、おかげで店はあっという間にさびれていった。橘屋が店を閉じた直接の原因は父の仁兵衛の死だ。だが、官軍の仕打ちがなかったら、あんな風にみじめな終わり方にはならなかったかもしれない。

「隠しているつもりじゃなかったんだ。ついな。いい思い出ばかりじゃなかったから」

純也がたずねた。

「松下村塾にはいつ入ったのさ」

「入塾したのは十六歳。それから門下生がどんどん増えて、一時は数十人もいてな、一番活気のあるときだった。高杉さんや久坂さんが中心になっていて、みんな目を輝かせて聞いていた。俺もその一人さ。後ろの方に座って聞いているだけだけど、その熱気の渦《うず》の中にいるんだって思うだけで体が震えた」

勝次は本当の名前を黒岩勝之進《くろいわかつのしん》といい、三人扶持の士族の三男だった。父も祖父も、曽祖父もお城の警護を司る役目についていた。三男だからいずれは、どこかに養子の口でも探さなくてはならない。学問は苦手だったから、剣の腕を磨くしかない……。と、自らの将来をぼんやりと思い描いていた。

「それがどうして、松下村塾に入ることになったのよ」

純也は身を乗り出すようにして聞いている。

日乃出はうつむいていた。

勝次は国訛《なま》りがあまりない。だから、どこかこの近辺の生まれだと思っていた。長州と知っていたら、もっと違う気持ちでつきあっていただろう。

「松下村塾に行くようになったのは幼なじみの弥彦《やひこ》に誘われたからだ。弥彦だって学問よりは体を動かす方が好きな訳で、松下村塾がどういう所かよく分かっていなくてさ、なんとなくみんなが行くから自分も行く。自分一人で行くのは心もとなかったから俺を誘ったんだ」

その頃の勝次の頭の中は、いかにして剣が強くなり、道場で一番になるかということでいっぱいで、黒船が来たとか、中国で戦いがあったとかいうことは耳にしていたが、それははるか遠くの、自分とは関係のないことだと思っていた。

「まっ白な紙に墨をたらすと、すっと染みこんでいくだろう。俺や弥彦はそのまっ白な紙みたいなもんだ。いいとか、悪いとか、判断できる訳もない。ただ、大きな波に飲み込まれていったんだ」

今こそ、国難である。このままでは大変なことになる。自分たちが立ち上がらなければならない。尊王《そんのう》だ。攘夷《じょうい》だ。松下村塾では毎日のように熱い議論が交わされ、やがて勝次も弥彦もいっぱしの意見を言うようになった。

「変だよ。それ」

日乃出はついにたまらなくなって口を開いた。

勝次が驚いたような顔で日乃出を見た。

「だってそれじゃあ、勝次さんやその友達の人は本当は何も分かっていないくせに議論をして、徳川をつぶすという方向に傾いていった訳でしょう」

「そういう風にとられると、困ったなぁ。最初から徳川が憎いとか、つぶそうという訳ではなかったし。もちろん中心にいた人たちはちゃんとした考えがあった。だけど、俺自身は未熟な点もあったってことだよ。ただ、誓って言うが、みんなまっすぐな気持ちだった。一生懸命だった。本当に日本のことを考えていたんだ」

「そんな風に何も分かっていない人たちが集まって戦をはじめて、公方様を追い出したの。上野の山でたくさん人が死んで……。許せないよ、そんなの。まっすぐな気持ちだったら、何をしても許されるの。違うよ、そんなの」

「日乃出ちゃん」

純也が日乃出をやさしくたしなめた。だが、一度しゃべりだすと思いが次々溢れてきて止まらなくなった。

「私は日本橋にやって来た長州や薩摩《さつま》の人たちを自分の目で見て来たんだよ。いばりくさって物を壊したり、お金を払わないで飲み食いしたり、そういう人たちもたくさんいた。みんながみんな勝次さんの言うように、まっすぐな気持ちだったわけじゃないよ。橘屋はそんな人たちに店をめちゃくちゃにされた。とうとうつぶれてしまったんだよ」

勝次の太い眉の奥の目が悲しそうに揺れた。

「もう、分かったから。ね、日乃出ちゃん」

純也が日乃出の肩を抱いた。

「長州だけが悪い訳じゃないんだよ。戦ってそういう物なんだから。勝さんはそのことを分かっているんだよ。嫌な思い出だってたくさんあるんだ。だから、自分の話はほとんどしなかったじゃないか。松下村塾にいたって言えば、仕官の道だってない訳じゃないだろう。生き残った人たちはそれぞれ偉くなっているんだから。どうしてその人達に頼まないんだよ。なんで横浜で菓子作ることになったんだよ」

勝次は雪の降った寒い日に腹をすかせ、井戸のところに座り込んでいた。松弥がそれを見つけ、握り飯を食べさせた。それが縁で勝次は浜風屋で働くようになったのだと聞いた。

立ち上がれないほど腹を空かせても、昔の知り合いに頭を下げなかったのはなぜなのか。出来ない理由があったのか。したくなかったのか。何に意地を張っていたのか。

純也のやわらかな指が日乃出の肩に触れた。

「横浜はさ、吹き溜まりみたいな土地なんだよ。外国人もいれば、一攫千金をめざす人もいる。故郷に帰れなくなった連中も風に吹かれて集まって来るんだ。人に言えない思いを抱えた人間が集まって、ここで助け合って生きているんだ。あんたも、あたしもそうだろう。勝さんだってそうさ。だからもう、勝さんのことは許しておやり」

純也が一切れのういろうを差し出した。

ひんやりとした菓子を口にふくむと、ほの甘い味が広がった。

「そうだな。日乃出は長州のおかげで辛い思いをしたんだな。あんたの気持ちも考えないで悪かったな」

勝次が小さな声で言った。


翌朝、日乃出が少し気まずい気持ちで浜風屋に行くと、勝次は作業台の前で腕を組んでいた。台の上には色とりどりのういろうが並んでいて、脇には松弥が手作りした菓子帳が開いてあった。

「日乃出はどう思う」

勝次がいつもと変わらない調子で言った。

その途端、わだかまりがすっと消えた。長州への恨みや憎しみは、胸の奥にしまっておこう。今まで通り、勝次とつきあっていくのだと決めた。

菓子帳は菓子の意匠を集めた図案集のようなものだ。松弥は菓子の形をひとつひとつ絵に描き、色をつけ、材料と配合を書きとめている。

日乃出がのぞくと羊羹の項で、白地に赤い富士山、紅の地に白い桜花を散らしたものなどが並んでいる。いわゆる流しものといわれるもので、熱い羊羹を型に流して固めるから、こうした微妙な絵柄ができる。勝次はどうやらういろうでこうした絵柄を出そうとしているらしいが、ういろうは粘りがあるから難しい。

「分かっているよ。だけどさぁ、いくら味がよくったって、見た目が普通じゃあつまらねぇだろう。相手は露草なんだぜ」

純也がひょいとのぞきこみ、「まぁ、そりゃあ、そうだわねぇ」と言ってお焼き用のごぼうのささがきを始めた。

その後、日乃出と純也はお焼きを売りに行き、午後戻ってくると作業台の上に菓子箱がのっていて勝次は板間で居眠りしていた。

「ちょっとぉ、いい加減にしてほしいわね。あたしたちが汗水たらして働いている間に、あんたは昼寝してるって訳」

文句を言いながら菓子箱をあけた純也が歓声をあげた。

それは見たこともない、桜の菓子だった。

薄くのばしたういろう生地を重ねてたたみ、八重桜の花のように見せている。中には黄色く染めた餡が入っている。

やわらかなういろう生地だからできる細工だった。

「かわいいねぇ」

日乃出がため息交じりに言うと、勝次が目を覚まし、むっくりと起き上がった。

「食べてみろよ」

勝次がうながす。

口に入れるとやさしい甘さが広がった。なめらかで口どけよく、やわらかな餡とよくあっている。

「餡の味もいいよ」

「そうか。白餡に卵の黄身を混ぜて黄身餡にしたんだ」

「きっと三浦さんも喜ぶよ」

仁王様のような勝次の顔がほころんだ。

「やっぱり、ういろうは勝次さんの思い出の菓子なんだね」

日乃出はつぶやいた。

「昨日は言いすぎました。ごめんなさい」

「いや。こっちこそな」

勝次が言った。

「勝次さんのういろうの思い出を聞かせてほしい」

日乃出がせがむと、勝次は小さくうなずいた。

「そうだなぁ。弥彦のほかに、もう一人、仲のいい男がいた。玉木直人《たまきなおと》だ。玉木の家は裕福で、俺たちは松下村塾の帰りによくそいつの家に寄った。腹が減っただろうといって、玉木のおふくろさんが作ってくれたのが、ういろうなんだ」

長州は小さな藩だ。前は海で後ろは山。戦となれば女や子供はどこに逃げるというのか。それなのに男たちは武力で世の中を変えようと言いつのった。五年前、下関《しものせき》でフランス、アメリカ、オランダという列強三国と武力衝突を起こした。勝次が二十三歳の時だ。前後して政変で京都を追われ、失地回復しようとして蛤《はまぐり》御門で負け、幕府による長州征伐へ。めまぐるしく時代の波にもまれていく。

女たちは政治向きのことには口を出さない。だが、日々の雑事にかまけて耳をふさぎ、目をつぶっていた訳ではない。ひたひたと近づいてくる不穏な足音を聞いていたはずだ。少し離れたところにいるからこそ、見えるものがあっただろう。肌で感じるものこそが正しいともいえるのだ。

「あの頃は、もっと腹の足しになる握り飯の方がありがたいと思っていたけど、今、食べるとうまいな。やさしい味だ。玉木の母親そのものだ。しゃきしゃきした、元気のいい人だったけど、あの人なりに、俺達のことを心配してくれていたんだ。もっと落ち着いて。穏やかな気持ちになってくれって思ってくれていたんだろうな」

勝次は小さくうなずいた。

「故郷の菓子を食べると、いろんな人の顔が浮かんでくる。松下村塾の仲間だけが国を憂《うれ》いているような気がしていたけど、一人一人に親兄弟がいた。きな臭い時代に、どんどんとんがって突っ走っていく俺たちのことを危なっかしい気持ちで見ていたんだろうな」

心配してくれる人がいるというのは、それだけで幸せなことだ。

守りたいと思う人がいるというのも、幸せなことだ。

生まれ故郷を遠く離れて暮らしていると、そのことがよく分かると勝次は言った。

それは勝次の家族のことだろうか。

問いかけようとして、日乃出は言葉を失った。勝次の顔から笑顔が消えていた。唇を固く引き結び、底のない孤独をたたえた目をしていた。


夕方、三浦がやって来た。菓子をみると、一瞬言葉を失い、それから顔を紅潮させた。試しにと差し出すと一口食べ、うっとりした表情になった。

「露草さんのたおやかな感じにぴったりです」

「菓銘は初桜としましょう」

勝次は掛け紙に、細筆で「初桜　君のかんばせを思いつつ」と書いた。細筆を握っても、勝次の書いた字は太くまっすぐで、勢いがあった。

これは試しに作ったものだから、改めて明日の朝作り直すと勝次は言ったけれど、三浦はこれから鷗輝楼で仕事があるから露草に渡すと言い出してきかない。桐の箱につめ、勝次の字でいいというので、掛け紙をそのまま つかい、紅白のひもをかけた。三浦はあわただしく菓子箱を抱えて出て行った。

「忙しいやつだなぁ」

勝次は三浦の背中を見送ると、ちょっとさびしそうな顔になった。

「あんまり一生懸命菓子のことを考えていたら、なんだか俺が露草って女に惚れているような気がしてきた」

「ばっかねぇ」

純也が笑った。

「露草っていうのは士族の出だそうだ。本当か、どうか分からないけどな」

勝次がぽつりとつぶやいた。


露草に惚れたというのは、どうやら勝次の心の声だったらしい。勝次は自分でも気づかぬうちに、会ったこともない、会うはずもない露草という太夫に心惹かれてしまったのだ。

最初に気づいたのは、お光だった。

「勝次さん、この頃、変じゃない」

日乃出が三河屋の二階に戻って寝床に入ると、襖があいてお光が顔を出した。

「どこが」

「どこって言われても、うまく言えないんだけど」

行燈の明かりがふっくらとしたお光の顔を包んでいる。

「あのね、私が話しかけても、なんだか上の空なのよ」

それはいつものことだ。勝次の脇でお光が楽しそうにしゃべる。もともと口数の少ない勝次はさらに言葉少なになって、時々相槌を打つ。

「ううん。そうじゃなくてね」

お光は寝そべったまま、ずりずりと体をずらして日乃出の部屋に入って来た。

「変わったのは、あの三浦って通詞がお礼に来てからなのよ」

三浦は勝次が作った初桜を鷗輝楼に持って行った。露草に渡すととても喜んでくれたそうだ。あの菓子はどこで誂えたと、わざわざ禿《かむろ》を使って聞いてきたという。

「だからね、浜風屋っていう小さいけれど、とてもおいしい、いい菓子をつくる店がありまして、鷗輝楼さんにも菓子を納めていると伝えておきましたから」

三浦がそう言うと、勝次も「そりゃあ、よかった」と顔をほころばせ、しばらく露草の話になった。

鷗輝楼の客は外国人も多いから、外国語をしゃべる遊女もいる。たいていは挨拶をする程度なのだが、露草は片言だがエゲレス語もフランス語もしゃべる。舌足らずな話し方が、外国人にはかわいらしく思えるとみえて人気が高い。

どこで習ったのかとたずねられて、蘭学を学んでいた兄の部屋の本を見てと応えていた。

「その時、勝次さんの表情が変わったの。一瞬、とても淋しそうな目になった」

明治の世になって禄《ろく》を失った士族が金に困り、妻や娘を遊郭に売ることもあるという。勝次の知り合いにも、遊郭に身を落とした娘がいたのかもしれない。

「最近、松弥さんの菓子帳を眺めてため息ばかりついている」

「ああ、それは心配ない」

日乃出は即座に応えた。

「どうして」

「新しい菓子のことを考えているんだよ。それは普通のことだよ。菓子屋だもの」

「だけど」

「だいたい、勝次さんが露草をどう思おうと、鷗輝楼に上がれる訳はないし、露草さんだって相手にする訳ないよ。向こうは太夫なんだよ」

「でもね」

「ありえない。考えられない」

「意地悪」

お光はほっぺたをふくらませて怒り、自分の部屋に戻って行った。


次に気づいたのは純也だった。

文机に向かって何かしているなと思ったら、こんな句を見せた。

春風や　浜の仁王の目に涙
「何、これ」

役者のような美しい顔で、ふふと笑った。

「不器用だからさ、自分で自分の気持ちに気づいていないのよ」

温かく見守ってあげましょと、肩をたたかれた。

その日、日乃出が菓子の配達を終えて浜風屋に戻ると、勝次は菓子帳を睨んでいた。

「そろそろ上生菓子を作ろうと思うんだが、どうだろう」

「いいねぇ」

日乃出は応えた。

上生菓子とは、生菓子の中でも煉《ね》り切《き》りやこなし、求肥《ぎゅうひ》でつくった上等な物を指し、茶席では主菓子と呼ばれる。季節の風物を描き、華麗な銘がついたものが多い。ちなみに、朝生菓子というのは大福や団子などの餅菓子のことで、日持ちがしないからその日の朝作って夕方までに売り切ってしまう。上生菓子がお客様用の菓子だとすれば、朝生菓子は普段づかいのおやつである。

「煉り切りを考えているんだ」

煉り切りとは白こし餡に求肥餅を加えた「たね」をさまざまな色に染め、形作った菓子のことだ。餡に餅を加えることでほどよい粘りが出て、形を整えやすくなる。

勝次は白こし餡づくりに取り掛かる。三河屋から仕入れてきたばかりの白小豆を取り出した。

「白小豆を使うつもりなの？」

日乃出はびっくりしてたずねた。

ふつう白餡をつくるときは、白いんげん豆の手亡《てぼう》や大福を使う。白小豆は風味もいいが、値段も高く、ふつうの小豆の倍以上する。橘屋でも、特別な上生菓子だけに使っていた。

「それって、もしかして、露草さん」

「ああ。そろそろ、また三浦が来るんじゃないかと思ってさ」

お光の言葉は本当だった。

勝次は露草のために上生菓子を作るつもりなのだ。

「落とし文なんか、どうだろう」

煉り切り製の緑色の葉で、餡玉をくるりと巻いた、新緑の季節の菓子だ。平安貴族たちが巻紙に書いた恋文を愛しい人の足元にそっと落として渡したという故事にちなんでいる。

「恋心を伝える菓子だよね」

「ああ。言葉にできない三浦の気持ちを菓子に託す」

日乃出は勝次の顔をしみじみと眺めた。

照れた様子は少しもない。心から三浦のことを思っている顔だ。さすが浅草寺の仁王様だ。自分の想いにまったく気づいていない。

「なんだ。どうした。おかしいか」

「いや。別に。白小豆なんて、すごいなって思ってさ」

白小豆を煮るために、水をくみに外に出た。

大鍋に白小豆とかぶるほどの水を入れて強火で炊きはじめる。上等の新しい豆は煮えるのも早い。いったんしわしわになった豆の皮はすぐにのびて、中の豆がふくらんできているのが分かる。

指で押すと簡単につぶれるくらい豆が柔らかくなったら、水を替える。たちまち白い湯気があがり、作業場は豆の香りでいっぱいになった。

豆が煮えたら、次は豆の皮を取り去る作業だ。

大桶に目の細かいふるいをのせて、柔らかく煮えた豆を流す。上から水をかけながら、ふるいに残った豆を木じゃくしでこする。ふるいの上には豆の皮が残り、木桶の中には呉《豆の実》が混じった白い水が入っている。この水をさっきより少し目の細かいふるいを通す。次はもっと目の細かいふるいと進み、最後は馬の毛をはった針の穴よりも小さな目のふるいを通して、小さな皮のかけらも取り除く。

桶をそのまましばらく置くと、呉が沈むので上水《うわみず》を捨てる。それを何度か繰り返し、さらし布巾を通して水気をしぼる。これが生餡。

白こし餡を作り始めて、すでに一時は経っているが、この段階は餡作りの五合目というところで、これから砂糖を加えてサワリと呼ばれる半球形の銅鍋で煉りあげるという大仕事が残っている。

勝次はサワリ鍋に生餡と砂糖を加えた。かまどに薪をくべようとした手が止まった。

「昔、好きだった娘がいたんだ」

「え」

日乃出は勝次の顔をながめた。肉の厚い勝次の顔が悲しげにゆがんでいる。

「沙和《さわ》って名前だった。玉木って友達がいるって言っただろう。沙和はその妹だった。俺達が玉木の家に行ったのは、おふくろさんの作ってくれる菓子もだったが、沙和の顔を見たいっていうのもあったんだ」

勝次は自分のことをほとんど話さない。まして女の人のことなど話題にのぼったことがない。一体、どうしたのだろうか。

「沙和さんという人とは、何か約束していたの」

日乃出はおそるおそるたずねた。お光の顔が浮かんだ。お光が悲しむような話にならなければいいのだが。

「いや。そんなことはない。そんな間柄じゃあ、全然ないんだ。ただ、俺が勝手に思っていたっていうか」

「そう」

しばらく沈黙が流れた。勝次はかまどの火を眺めている。

「沙和はお転婆な娘で、昔から俺たちにくっついていた。松下村塾に行きたいといって親に怒られてさ。だから、玉木の家で仲間としゃべっていると、よく傍に来て話を聞いていた。エゲレスやフランスの言葉を勉強したいっていうんで、読み方を教えてやったことがある」

「露草さんのことを聞いて、沙和さんのことを思い出したの？」

「そうだな」

「沙和さんは、今、どこにいるの」

「知らん。どこにいるのか、何をしているのか。あいつも萩には帰れないんだ。玉木は死んだし、年取った親父さんとおふくろさんがいるだけだ。いや、そうじゃなくて……帰れない事情があるんだ」

勝次は作業台の横に腰をおろした。きっと辛い話なのだろう。日乃出も腰をおろした。

文久三年、長州は馬関海峡を封鎖してアメリカとフランス、オランダの船に砲撃を加えた。半月後、アメリカとフランスの軍艦に報復攻撃を受け、さんざんに打ちのめされた。力の差を思い知らされた訳だが、それでも長州は破壊された砲台を修理し、新たな砲台も作って対戦に備えた。翌年八月、今度はエゲレス、フランス、オランダ、アメリカの四か国の連合艦隊の攻撃を受けることになる。それはもう誰の眼にも勝敗は明らかで、長州には万に一つの勝ち目もなかった。

「いよいよ下関に出立するっていうときに、沙和から手紙がきた」

立ち別れ　いなばの山の　峯におふる　まつとし聞かば　今かへりこむ
それだけが書いてあった。百人一首の歌で、勝次が取れる数少ない札の一つだった。

「因幡《いなば》の国に向かう男が別れに詠んだもので、意味はあなたが待っていてくれると聞いたなら、すぐにも帰ってくるでしょうってことだ。猫が家出したとき、柱に貼るんだ。そうするとまた戻ってくるっていわれている」

勝次の頰が染まっていた。

猫のおまじないの訳があるものか。

沙和という娘が精一杯の気持ちをこめて送った歌だ。無事で帰って来てくださいという願いをこめたのだ。

沙和と勝次はお互いを思っていたのだろう。だが二人とも言葉にして伝えようとはしなかった。幼かったのだ。いや、武士の息子と娘だから自分の思いを口にすることを恥じたのか。

「手紙に気づいてあわてて沙和の家に行った。そしたら、おふくろさんが不思議な顔をして言ったんだ。あれ、娘はあんたに会いに行ったんじゃないんですか。さっき弥彦さんが迎えに来ましたよ。俺は急に嫌な気持ちになった。いや、頭を殴られたような感じと言うか……。恐ろしい予感で足が震えて来た。汗が噴き出て来た。

何も言わずに突っ立っているものだから、そんな俺を見て、おふくろさんも真っ青な顔になった」

勝次は立ち上がると、ひしゃくで水をすくって飲んだ。

「弥彦も沙和のことが好きだったんだ。だけど、どうしてだか知らないが、沙和は弥彦のことだけは嫌っていた。だけど、弥彦は沙和がどうしようもなく好きで、たまらなく好きで……。それで仕方なく俺の名前を出したんだ。弥彦も戦の前に、沙和に伝えたいことがあった。俺たちはみんな思い詰めていたんだよ。本当に、もう今しかないと思っていた。二人はどっちに行きましたかとたずねても、おふくろさんは応えられない。ただ、家の前の道を指さすだけだ。その腕がぶるぶる震えていた。俺は走ったさ。夢中で走った」

弥彦は一つのことを思いつめると周りが見えなくなるところがあった。激昂《げっこう》すると何をしでかすか分からない男だった。沙和はおとなしく見えて芯がしっかりしている。一度言い出したら何を言っても聞かない。その二人が本気でぶつかったら、何が起こるか分からない。

「途中で誰か知り合いに会ったら、弥彦と沙和を見なかったかたずねるつもりだった。だが、そういう時に限って誰にも会わない。途中で道が三本に分かれているところがあった。まっすぐいけば弥彦の家で、右に折れれば海に出る。左は山に通じる。ともかく弥彦の家に行った。だが、誰もいない。あわてて取って返し、分かれ道の真ん中に立った。右か、左か。さぁ、どうする。突っ立ったまま、空をあおいだ。どうしていいか、分からずに頭の中は真っ白だ。八月の晴れた空が広がっていて、蝉がうるさいほど鳴いていた。こうしている間に、何かが起こるかもしれない。そう思うと体中から汗が噴き出て、のどがからからになった。その時だ。道の端に沙和のものらしい手ぬぐいが落ちているのに気づいた。それで二人は山の方に向かったんだと気づいた。途中に小さな古いお堂があるんだ。大きなくすのきが木陰を作って、その下に座ると海のずっと先の方まで見えるんだ。二人が行くなら、そのお堂しかないように思えた。俺は山道を走った」

「それで、どうなったの？　勝次さんは二人を見つけることができたの」

「見つけた。だけど遅かった。間に合わなかった」

勝次は座り込み、頭を抱えた。

「弥彦は沙和を斬ったんだ」

重い沈黙が流れた。

「逃げる沙和に弥彦が刀をふりかぶっていた。俺は夢中で弥彦に体当たりをくらわせて刀を取り上げた。だけど沙和は腕を斬られて、着物は血で真っ赤に染まっている。腕を縛って止血して家に連れ帰った。沙和は家に着くまでずっと死にたい、死にたいってうわごとのように言っていた。俺は弥彦のことも好きだったから、悔しくて、悲しくて、どうしてこんなことになったんだって、ずっと怒りながら帰って来た」

「沙和さんの怪我《けが》はどうなったの？」

「幸い傷は浅かったから命は助かった」

「弥彦さんは」

「下関で死んだよ。大砲にやられて。死にに行ったようなもんだ。戦が終わって帰って来たら、沙和は行方知れずになっていた。俺の思いはとうとう伝えられなかった」

勝次は立ち上がると、かまどの前に立った。

「三浦ってあの男もさ、気持ちだけはちゃんと伝えた方がいいんだ。相手が受け止めてくれようと、くれまいと。それで自分の想いにけりがつく。そうじゃないと、いつまでも胸の奥でくすぶって、ああすりゃよかった、こうすりゃよかったって悩むことになるんだよ。気持ちを伝えておけば、少なくとも俺みたいに何もかも手遅れになることは避けられる」

日乃出はあまりに重い話で、何を言っていいのか分からなくなった。勝次は今も沙和が忘れられず、心の奥に面影を抱いているのにちがいない。

「悪かったなぁ。つまんない話を聞かせちまった」

勝次はかまどに薪をくべると、白こし餡を炊き始めた。

若葉に染めた煉り切りで黄身餡をくるりと包んだ落とし文が出来上がった。夕方、三浦がやって来た。

箱を開けた三浦は目を大きく見開いた。

「なんて、きれいな菓子なんだろう。私はこんな美しい菓子を今まで見たことがない」

声が震えていた。

「菓銘は落とし文です。思う人の前に文を落として思いを伝えたという故事があります。本当は新緑の季節の菓子ですが、今の三浦さんにはふさわしいかと」

勝次の説明を聞いた三浦はみるみる耳まで赤くなった。

「ありがとうございます。露草さんに私の気持ちをこの菓子が伝えてくれると思います。それで十分です。もうほかには何もいりません」

三浦は大切そうに菓子の入った箱を抱えて露草のいる鷗輝楼に向かった。

はたして露草は喜んでくれたのだろうか。浜風屋の三人は噂をし、気にかけていたが三浦は顔を見せなかった。

理由はじきに分かった。港の瓦版に露草の身請け話がのった。相手はトーマスというエゲレス人の技師だ。純也はさらに詳しい話を鷗輝楼の女中から聞いてきた。

トーマスは四十歳。鉄橋の設計をするために明治政府が呼んだお抱え外国人だ。初婚で、しかもなかなかの好男子。露草に一目ぼれで通いつめ、とうとう結婚の約束をした。日本にいる間だけの妻ではない。正式な結婚をするという。神様の前で誓う結婚で、子供が生まれればトーマス家の子として認める。万が一のときには財産も残す。露草にとっては願ったりかなったりの大出世だ。

数日して、久しぶりに三浦がたずねてきた。

「じつは、露草さんから浜風屋さんに言伝を頼まれまして」

懐から、手紙を取り出した。勝次のぎょろりとした目が、その文字を見た途端、引き込まれたように動かなくなった。顔が真っ赤になり、額《ひたい》から汗が噴き出してきた。

日乃出はあわてて手紙をのぞきこんだ。水色の透かしを入れた和紙に水茎《みずくき》の跡も美しい文字で和歌がしたためてある。

立ち別れ　いなばの山の　峯におふる　まつとし聞かば　今かへりこむ

どういうことだろう。この和歌は、沙和が勝次に送ったものではないか。ただの偶然か。それとも……。

「いや、それは……ご丁寧に。ありがとうございます」

勝次はぎこちないようすで礼を言った。三浦を見送って外に出て行ったまましばらくたっても戻って来ないので日乃出が捜しに行くと、店の裏手で薪割り用の台に座ってぼんやりしていた。

「露草は沙和さんだったってこと？」

勝次は小さく首をふった。

「そんなはずはないんだ。だって、あいつは大坂にいるって聞いたし。それに、向こうだって、まさか俺が菓子を作っているとは思わないはずだ。横浜に来ていることだって、誰にも知らせていないんだ。……どうして分かったんだろう」

「掛け紙の文字じゃないのかな。それから、あの、ういろう」

「そうか。そうだな。ういろうがあった。それで分かったのか。手紙にはもう一度、ういろうが食べたいと書いてあった」

「そうだね。だけど、止めた方がいいよ。相手は身請けの決まったお女郎だから」

いつの間に来たのか純也がそっと勝次の肩に手をおいた。

「もう、あんたの手の届く人じゃないんだよ。昔の沙和さんはいない。太夫の露草なんだから」

「分かっているよ」

勝次はゆっくりと立ちあがった。


口では分かったといいながら、勝次はまったく分かっていなかった。心はどこかに行ってしまった。夢中になって白小豆を炊いていた時より、もっと心ここに在《あ》らずという風になってしまった。

お光の態度も変わった。夜、日乃出が三河屋に戻っても、お光はもう以前のように襖を開けて入ってくることはなかった。

朝、井戸端であっても気まずい。

「あ、お先に」と日乃出がいえば、お光は「うん」とうなずく。そのまま無言。仕方ないので日乃出は帰る。

その日も同じだと思っていた。ところが、お光が突然口を開いた。

「どうして沙和さんのこと、黙っていたのよ」

詰問《きつもん》するような調子だった。

「勝次さんのこと、何でもあたしに話してねって約束したじゃないの。それなのに、どうしてあんな大事なこと、黙っていたのよ」

「すみません」

日乃出は頭を下げた。しかし、どうして言えるだろう。勝次は幼なじみの想い人がいて、今でもその人のことを忘れられないでいる。しかも、その人は吉原の太夫になっているらしいなどと。

「分かっているわよ。言いにくかったんでしょう。でも、ちゃんと純也さんに教えてもらったから大丈夫。事情は納得したから」

何が大丈夫で、何を納得したのか知らないが、お光は一人でうなずいている。

「あたし、写真館に行ってみたんだ」

「え」

「運河近くに出来た写真館。入口のところに露草さんの写真が貼ってあった」

出来たばかりの写真館は宣伝のために遊女や役者の顔写真を貼りだしているのだ。

「すごく、きれいだった」

「あ、そう、ですか」

「男の人はみんなああいう女の人が好きなんだね」

お光は唇を噛んでうつむいた。

「あ、でも、故郷の幼なじみだって聞きましたよ。だから、もしかしたら、妹みたいなものかもしれないですよね」

「いい加減なこと、言わないでよ。勝次さんったら、その噂を聞いてすぐに確かめに行ったそうじゃないの。長いこと眺めて、大きなため息をついていたって純也さんが言っていたわ」

お光は苛立《いらだ》ったように地面を踏みしめた。純也のおしゃべり。お光が傷つくことは分かっているのに、どうしてわざわざ伝えたのだ。

「故郷だから、何。幼なじみだから、何さ。人を好きになるのは早いもの勝ちな訳」

「いや、そういうことじゃないですから」

突然の怒りに日乃出はどう対処していいのか分からなくなった。あやふやな態度がお光の怒りに火を注いだらしい。

「はっきりしてよ」

「え、はい」

「結局、男の人は、ああいう風に目がパッチリ大きくて、鼻がすうっとして、指も細くて、風に吹かれたら折れちゃいそうな人が好きなんでしょう」

「私は、まだ、見ていないから……」

「だったら、見に行けばいいじゃん」

いつもは穏やかなお光の豹変ぶりに、日乃出は震え上がった。

「気立てが大事だなんて嘘ばっかり。やっぱり、器量じゃないの。いっくら頑張ったって、結局、器量のいい女には勝てないんだ」

「そんなことは……。お光さんだって、かわいいですよ」

自分でも間抜けなことを言ったと思った。

「いいよ、いまさらそんな風になぐさめてくれなくても。そりゃあ、横浜一の太夫だもの、あたしなんか月とすっぽん。比べる方が馬鹿だよね。もう分かった。勝次さんの心にはずっと沙和さんが住んでいたんだ」

水桶をぐいっと持ち上げると、お光は歩き出した。

「あたしが話しかけても、返事してくれない訳だよ。あたしのことなんか、目に入っていなかったんだ。だったら最初からそう言ってくれればいいのに。知っててしらんぷりするなんて、卑怯だよ」

お光は振り向きもせず歩いて行ってしまった。日乃出は呆然と見送った。しかし、話はお光の焼きもちだけでは収まらなくなっていたのだ。

「勝さんの様子がおかしい訳、分かった。露草と文を交換していたらしいんだ」

純也がそっと日乃出に耳打ちした。

「鷗輝楼にはいつも勝さんが品物を納めに行くでしょう。今日、たまたまあたしが行ったら、禿《かむろ》が文を持ってきた。これ」

巻紙に細筆で恋しいとか、会いたいとか、書いてある。

「勝次さんには渡さないの」

「ばか。どうせ、吉原の代書屋が書いた文よ。渡せる訳ないじゃない」

吉原は大枚をはたいて、恋の甘さを楽しむ場所。女郎の言葉は嘘で固めたもの。真《まこと》は千に三つ。

「じゃあ、露草が沙和だっていうのも、嘘なの」

「あたしは作り話だと思うけどね。話が出来過ぎているもの。万が一、本当だとしてよ、身請けが決まった女郎が、幼なじみに会いたいだの、へちまだのっていう訳ないじゃない。これは善次郎側が勝さんを陥れようとした罠だよ」

純也は決めつけるように言った。善次郎の名前が出て、日乃出はあわてた。

「どうして善次郎が出て来るのよ。善次郎が私を陥れるんなら分かるけど、勝次さんは関係ないでしょう」

「甘いよ。日乃出。相手は追いはぎ善次郎と横浜一のやり手のお利玖だよ。あんただけじゃない。あんたを応援する奴は全員、つぶすつもりなんだ。だいたい横浜の店だから客に出す菓子は洋物だって言いながら花吹雪饅頭を取ってくれた。そうやって、こっちの動きを探っていたんだ」

「それなら、純也はあの三浦の話もでっちあげだったって言うの？」

「それは分からない。たまたま三浦が露草に岡惚れしていたのかもしれない。だけど、勝次が故郷のういろうを作ったところから話はねじれてきた。勝次はういろうをきっかけに、胸の奥に閉じ込めていた思いをよみがえらせた。士族の娘が女郎になっているなんて珍しいことじゃない。誰だって、もう一度会いたい人の一人や二人いるもんだ。そこのところを突いてきたんだよ」

「でも、勝次さんは野毛の写真館の写真を見て、露草は沙和さんだと思ったんでしょう」

「へん。あんな写真。元の顔が分からないくらい白粉《おしろい》塗りたくっているんだ。見たって見なくたって同じよ。勝さんは露草の写真に沙和さんの面影を見たかったんだ。沙和さんを探していたんだよ。本人だと思うに決まっているよ」

純也は吐き捨てるように言った。

日乃出はまだ納得できない。日乃出を妨害するのは分かる。だが、勝次まで陥れる必要はあるのだろうか。どこまでも日乃出達をつぶそうというつもりなのか。

「それだけの価値があの掛け軸にあるってことじゃないの？　それとも、薄紅の方かな。とにかく、今、勝さんはとっても危ないことになっているの。それは、勝さんだけじゃなくて、あたし達にも関わることなんだよ。勝さんが熱に浮かされて、ふらふら出て行ったら取り返しがつかないよ。横恋慕《よこれんぼ》した勝さんが悪いってことになる。喧嘩にでもなって指の骨を折られたら、もう菓子職人としてはやっていけないわ。浜風屋だって、どんな因縁つけられるか分からない」

「だけど……」

沙和に対する気持ちを聞いてしまった日乃出は、勝次に同情している。最後に一度会いたいというのなら、会わせてやりたい。

「前に言ったでしょう。吉原を出ていくためには、運が良くて、体が丈夫で、気性がはっきりしていなくちゃだめなの。その一つでも欠けたら、中で死ぬか、ぼろぼろになって追い出されるか、どっちかしかないのよ。仮に露草が沙和だとしてもよ、今さら危険を冒《おか》して幼なじみに会いたい訳ない。トーマスっていう男との暮らしの方が大事だもの。トーマスに誤解されるようなことはしない。もう、ずばっと気持ちを切り替えているわよ。女より女心の分かるあたしが言うんだから、本当よ」

純也は言いきった。

「だから、二人で勝さんを守ってやらなくちゃ。呼び出されて、夜中に出ていったりしたら、大事《おおごと》よ。あんたの掛け軸は戻って来ないわよ。分かった」

その夜、三河屋に戻り、二階の閨《ねや》に入ってもなかなか寝付けなかった。

「ちょっといい？」

お光がそっと襖を開けた。にじり寄ってくる気配がする。日乃出は布団の上に座ってお光を待った。やがて、お光の温かい手が日乃出の手に触れた。

「あたしね、勝次さんの一番でなくてもいいの」

静かな声だった。

「勝次さんが沙和さんのことを忘れられないというのなら、それでいいの。ずっとその人のことを思っていてくれていい。あたしは傍にいて、ずっと勝次さんのことを見ていたい」

お光の声は震えていた。泣いているらしい。

日乃出は急に腹が立ってきた。

何が一番でなくていい。何がずっと見ていたいだ。お光は自分の言葉に酔っている。熱に浮かされているんだ。今はそんな甘っちょろいことを言っている場合じゃない。勝次の身が危ない。一生がかかっているかもしれないのだ。勝次はなりは大きいが一途《いちず》でまじめで、真っ正直な男だ。敵はそんな勝次の気持ちに揺さぶりをかけている。なんと卑怯なやり口だろう。

「お光さん。そんな一番でなくていいなんて甘いこと言ってないで、ちゃんと勝次さんのことを捕まえてくださいよ。勝次さんが露草にまどわされて、ふらふら吉原に出向いて行ったりしたら、一大事なんです。惚れたの、はれたの言っている場合じゃないです」

お光が一瞬、息を飲むのが分かった。

「日乃出ちゃん、それじゃあ、あんまり……」

「私には勝次さんが誰を好こうが嫌おうが、まったく関係ないです。大事なのは勝次さんが無事でいられるかどうかです。私のために勝次さんが苦しい思いをしたとしたら、申し訳ない。それだけです。ほかのことはどうでもいいんです」

日乃出は言うだけ言うと、自分の布団にくるまった。お光がすすり泣いているのが聞こえた。言いすぎてしまったかもしれない。だが、お光は勝次がどんな状態にあるのかまったく分かっていない。やはり苦労知らずのあまったれなんだ。自分の恋に頭がいっぱいで、何も見えなくなっているんだ。

「ごめんね。日乃出」

襖の向こうからお光の声がする。

「あたしは自分の気持ちだけで動いていた。あんたや純也の気持ちにまで思いが及ばなかった。そうだよね。あんた達は勝次さんの仲間なんだもの。あたしの何倍も心配しているよね」

お光のすすり泣く声がしばらく聞こえたような気がしたが、それもいつか止んだ。

夜は静かで、風の音がするばかりだ。日乃出はいつしか眠ってしまった。

だれかにそっと肩をたたかれて目が覚めた。お豊の声がした。

「今、下に純也が来ている。勝次さんが出て行ったらしい」

日乃出は飛び起きた。すぐに着替えて下に行くと、定吉の横にうなだれた純也がいた。

「ごめんね、日乃出。勝さんにはちゃんと言ったんだよ。あの文は露草が書いた物じゃないよ。あたしたちを陥れるための策略だよって。勝さんも、その時は分かった、分かったって言っていたんだ。それでそれぞれの部屋に入った。でもあたしは心配だったから、ずっと起きて気配を探っていたんだ。だけど、つい、うとうとして。気がついたら勝さんは部屋にいなかった。布団が温かかったから、まだそれほど時間は経っていないと思う」

「どっちに向かったのか、分かっているのか。文にはどこそこで待つとか書いてあったんだろう。純也は見ているのか」

定吉がたずねた。

「ううん。勝さんは見せてくれなかった。おそらく吉田橋のあたりか、吉原の近くか……」

純也が泣きそうな声で応えた。

「よし、取りあえず、そのあたりまで行ってみよう」

定吉と純也が提灯を持って出て行き、日乃出がそれを追いかけた。後ろから足音がするので振り返ると、お光がついて来ていた。

「お光さんは家に戻らなくちゃだめだよ。勝次さんの事はこっちでなんとかするから。お豊さんと家で待っていてよ」

「いやよ。日乃出が行くなら、あたしも行く。待っているなんて出来ない」

お光は日乃出の袂を摑んで離さない。

仕方がないので二人で定吉と純也の後を追いかけた。夜は暗く、道のずっと先に定吉と純也の持つ提灯の明かりが揺れている。やっと坂の途中で追いついた。

「お光、なんだってお前までついて来ちまったんだ」

定吉は怒ったが、今さら追い返す訳にもいかない。そのまま四人で坂を下り、野毛の通りまで来た。東に折れれば都橋があって、その先は吉田町通りだ。昼間はにぎやかな界隈《かいわい》だが、今はどの店も戸を閉めて灯りを落としている。ぼんやりとした明かりが足元を照らしている。

「吉原のあたりまで行ってみようとも思ったが、この暗さじゃあ、捜しようもない。勝次のことだ。心配はないとは思うけれど……。あいつの行きつけの店とかないのか」

定吉が純也にたずねた。

「ないわ。勝さんは飲み歩いたりしないから」

「そうだよな。仕方ない、帰るか。そうだ、そうしよう」

定吉は勝次の事より、お光の方が心配なのだ。こんな夜更けに若い娘が歩いていて、何かあったら取り返しがつかない。

「そうよね。あの勝さんだもの、三人、四人、相手にしたって負けないわよ。きっと、どこかの店でやけ酒でも飲んでいるんでしょう。心配ないわ。朝になれば、戻って来るわよ」

純也も応えた。

「ねぇ、写真館はどうかしら。あそこには露草さんの写真が飾ってあるんでしょう」

お光が小さな声で言った。

「こんな遅くに写真館が開いているもんか。さあ、帰ろう。帰ろう」

定吉がお光の手を強く引いた。

「だけど、おとっつあん、あそこに勝次さんがいるような気がするのよ」

「ああ、そうかもしれないねぇ。だけど、こんな夜更けに行ってもしょうがないだろう。気になるんだったら、夜が明けたら純也に行ってもらうさ。いいだろう」

「そりゃあ、もちろんよ」

「そうだよ。純也が見に行けばいい」

みんなで口々に帰ろうと言い出したので、お光はとうとう諦めたように首をふった。

四人で元来た道を戻った。しばらく進むと、足場を組んだ工事中の建物が見えた。広い敷地をぐるりと縄がはってある。ホテルか工場か会社か。また新しい建物が建つのだ。

「二、三年先には街灯ってもんができるらしいよ。そうすると、夜も明るくなるんだってさ。提灯なんか持たなくても歩けるんだ」

定吉が言った。

「陸蒸気が走るっていうのは、本当かしらね」

純也が続けた。

「本当らしいよ。鉄の車を走らせるんだ。橋だって木や石じゃなくて、頑丈な鉄の橋を造るんだとよ」

露草がいっしょになるのは、その鉄の橋を造る男なのだ。わざわざ日本にまでやって来て、大きな鉄の橋を掛けるのだ。きっと頭のいい男なのだろう。次々大きな仕事をして、出世していくに違いない。露草はその奥方になるのだ。妾ではない。正式な夫婦となる。大出世ではないか。仮に露草が沙和だったとしても、今さら幼なじみに会いたいなどと文を書く訳がない。

そんなこと、勝次だって百も承知に違いない。

いずれにしろ手の届かない人だった。露草が沙和であるかということさえ、確かめようがないのだ。

それでも文が来ると心が揺れたのか。

夜中に部屋を抜け出すほど、迷うのか。

人を恋する気持ちというのは、それほどまでに強いのか。

日乃出はまだそんな風に一人の人を想ったことがなかった。隣を歩くお光の顔をそっと見た。お光は厳しい顔をしてまっすぐ前を向いて歩いていた。

曲がり角に来た。坂を上れば三河屋だ。家に着く。

お光が何か言いたそうに口を開いたが、それより早く定吉が言った。

「さぁ、早く家に帰ろう。のんびりしていると、じきに夜明けだ。年取ったせいか、夜更かしすると次の日がつらいんだよ」

純也も「本当に勝さんもしょうがないよ。心配かけてすみませんでした」と言葉を重ねる。勝次のことは、もうすんだことのようになった。

「ねぇ、そんな風に言ってしまっていいの？　みんなは勝次さんが心配じゃないの」

お光が小さな声でつぶやいた。

「だって、お前。こんな暗くちゃ、しょうがないだろう。だいたい、どこに行ったのかだって分からないんだよ。大丈夫だよ。あいつは」

定吉はなだめるように言うと、お光の手をひいた。

いやだ。いやだ。

お光はそう叫ぶと、定吉の手を振り払い、真っ暗な道を駆け出した。暗闇の中、お光の着物の裾がひらひらと揺れて白いはぎが見えた。

「お光さん」

日乃出は叫び、はじかれたように走り出した。

「分かったから。止まってよ。転んだら危ないよ。いっしょに写真館に行くからさ」

純也が呼びとめたが、お光は止まらない。明かりも持たず、暗闇の中を走って行く。石ころだらけの道をいつもの下駄《げた》で。どうして転ばないのか。ちゃんと足元が見えているのか。お光は自分の想いだけでまっすぐに走っている。日乃出は石につまずいて転んだ。純也と定吉が日乃出を追い越し、必死に後を追いかけていく。日乃出も立ち上がり、二人の明かりについて行く。

やがてお光が走るその先に、ぼんやりと西洋風の飾りをつけた白い写真館の建物が見えてきた。いつもは表の一番大きな窓に写真を飾っているのだが、今は鎧戸《よろいど》を閉じている。

「勝さん。勝次さん。そこに、いるんでしょう」

お光が叫んだ。

「いるんなら返事をしてよ」

誰も答えない。人の気配もない。

こんなところにいる訳がない。

日乃出がそう思った時、のっそりと黒い影が動いた。暗がりの中に低いうなり声が響いた。それは人の声というより、傷ついた獣の咆哮《ほうこう》のようだった。

　お光は立ちすくんだ。

「勝さん」

　悲鳴をあげて駆け寄ったのは純也だった。勝次の体にしがみつき、呼びかけた。

「どうしてこんなところにいるんだよ。みんな心配したんだよ。お光さんも、定吉さんも、日乃出も来ている。あんたが、どうかなっちまったんじゃないかと思ってさ」

　純也の声に混じって、勝次の応える声が聞こえる。

　分かっているよ。分かっているよ。

　純也は勝次の体を揺すっていっしょに泣いていた。

「知ってるよ。明日になれば露草の写真は下げてしまうだろう。最後にもう一度、露草の、いや沙和の顔が見たかったんだろう。だけど、残念だったねぇ。せっかく来たのに鎧戸が閉まって見られなかった。そういう運命《さだめ》かもしれないよ」

　辛いよねぇ。辛いよねぇ。

　純也は続けた。

「だけどさ、分かっているでしょう。あの手紙は沙和さんのものじゃないよ。露草のものでもないよ。誰かが浜風屋を陥れようとして、よこしたもんだよ。せっかく、みんなでここまで頑張って来たことを、あんたは壊すつもりなのかい」

　勝次は叫んだ。

「分かっているんだ。頭じゃ分かっているんだ。だけど、気持ちがどうにもならないんだ。手紙には、今日、来てくれって書いてあったんだ。だけど、行くわけにはいかないだろう。気がついたらここにいたんだ」

勝次は純也の胸に顔をうずめると、泣きだした。

お光はその姿を黙って見ていた。

暗闇の中を必死で走って来たのだ。誰も分からなかった居場所に気づいたのはお光だった。誰よりも勝次のことを心配していたのは、お光だったのかもしれない。だが、勝次が頼りにしたのはお光ではなかった。お光も傷ついて荒れた勝次に近づくことができなかった。

沙和のことはこれからもずっと好きでいて構わない。自分は二番目でいい。だからずっと傍にいたいと、お光は勝次に言いたかったのかもしれない。

だが、言えなかった。言わなかった。

そんな言葉にどんな意味があるだろう。

今の勝次に二番はないのだ。心の中にいるのは、たった一人。誰も沙和の代わりにはなれない。大切な人は沙和だけだ。

お光は定吉の陰に隠れるようにして立っていた。

やがて勝次は静かに立ち上がり、定吉にゆっくりと頭を下げ、心配をかけたことをわびた。それから純也と並んで歩き出した。お光は定吉に守られながらその後について歩いた。何も言わず、うつむいていた。

恋は甘いばかりの物ではなかった。残酷に人を打ちのめし、地面にたたきつける。孤独な思いに震えさせる。

それでも人は恋をする。何か分からない力にからめとられるように引きつけられていく。

遠くで風の音がした。それは誰かが泣いている声のようにも思えた。

六、大海原の夢、バターの香り

穏やかな風が花の香りを運んで来るようになった。港に浮かぶ鷗《かもめ》ものんきそうに見える。

勝次は新しい自分になるのだと言ってまげを切った。最初少し間が抜けたような気がしたが、すぐに慣れた。穏やかないい顔になったと日乃出は思った。お光は前のように浜風屋にやって来なくなった。勝次と少し距離をおいているようだった。

そんなある日。純也が外泊した。夕方店を出たきり、朝になっても戻って来なかった。

それは初めてのことではなく、日乃出が来る前は長い時は十日も二十日も戻って来ないことがあったという。

「あいつは風来坊だから、長く同じところにいると息が詰まるんだろうよ」と勝次はすましている。

「だって、お金はどうするのよ」

「顔立ちのいい男だ。一晩や二晩、面倒を見ようという女がいるんじゃないか」

疲れたの、飽きたのといってすぐ仕事を抜けたがる純也だが、それでも一人欠けると仕事が回らなくなる。朝から掃除をして水をくみ、お焼きを作り、二人で売りに行き、戻ってくると花吹雪饅頭の仕込みだ。

ようやく一段落して休んでいると、がらりと入口の戸が開いた。客かと思えば、純也である。

「えへへ。おはようございます。昨日はごめんね」

「一体、今までどこに行ってたのよ」

日乃出が声を荒らげると、純也は恥ずかしそうに頭をかいた。

「だからさ、ちょっと知り合いのところ」

手にした包みを日乃出に渡した。

「ムラングっていって卵白を使ったフランスのお菓子なのよ。日乃出の薄紅の参考になるんじゃないかと思ってもらってきた」

甘い香りがする包みを開くと、白い菓子が三個ほど入っていた。手に持つと軽く、かさかさと乾いた音がする。口に入れるとかりかりとした食感があり、それがすうっと溶けて甘さが広がる。

どれどれと手を伸ばした勝次は目を白黒させた。

「まるで泡を食べているみたいだな」

「あんたのおやじ様の薄紅ってこんな感じ?」

「似てるところもあるけど、かなり違う。薄紅の表面はさくっとしているんだけど、中はしっとりとしている。丸く焼き上げて、和三盆糖の蜜をはさむ。表面は瀬戸物みたいにするっと滑らかなの」

「外はさくっと、中はしっとり。難しいわねぇ」

純也は残念というように顔をしかめてみせた。

「お前、この菓子をどこで手に入れた」

「運河の近くの知り合いのところ」

勝次がいなくなると純也はぺろりと舌を出した。

「例の写真館よ。ほら、露草の写真をおいていた」

勝次が消えた日、みんなで捜しに行った写真館だ。

「わかった、この前、居留地で会った人だね」

日乃出が言うと、純也は目だけでうなずいた。


二日ほど前のことだ。純也と日乃出は関内の外国人居留地にお焼きを売りにいった。暖かな晴れた日で、穏やかな春の風が吹き、道端にはすみれが小さな花をつけていた。

この間まで空き地だった場所は草が刈られて縄が張ってある。また、新しい建物ができるらしい。

「おい、純也。純也じゃねぇか」

肉付きのいい大柄な男が声をかけてきた。外国人の着るような青い外套《がいとう》を着て、指には大きな金の指輪をはめている。

「お前、ここで何をしているんだ」

「あ、駒太《こまた》さん。お久しぶり」

純也はいたずらを見つけられた子供のような顔になった。

「お久しぶりじゃねぇよ。お前、なんで屋台なんかひいているんだ」

駒太と呼ばれた男はじろりと純也と日乃出を眺めた。

男は駒太二郎《じろう》。六年前の文久三年、遣仏使節団の一員として純也とともにフランスに渡った。

遣仏使節団は幕府が攘夷派を抑えるための苦肉の策で、一旦開港すると決めた横浜を鎖港したいと談判するのが目的だった。そんなことをフランスが了解するはずはない。一行は失意のうちに戻ってくる。

「まぁ、お互いいろいろあるわな。俺は今、外国の様子に明るい人ということで、あっちこっちで重宝がられている」

ここに外国人向けのホテルを作るので、その計画に加わっているのだそうだ。

「夜はベッドで寝ますっていったって、そもそもベッドがどういう物だか分からないだろう。実際に暮らしてみた者でなくちゃさ。だから、俺がベッドにはマットレスってものをおいて、シーツっていう大きな布でこういう風にベッドメイクするんですよって、説明するんだ」

「ふーん」

純也はつまらなそうな顔をして駒太の言葉を聞いている。

駒太は懐から紙を取り出すと、筆のようなものでさらさらと文字を書いて渡した。

「今は運河近くの写真館にいる。時間がある時に訪ねて来いよ。仕事ならいくらでもある。飯でも食おう」

片目をつぶってみせた。

純也は駒太と別れると急ぎ足で進んだ。ずいぶん先まで行ってから荷車を止めた。

「あーあ。格好《かっこう》悪いところ見られちゃったなぁ」

「どこが格好悪いのよ。なんで恥ずかしいのよ」

日乃出は怒ったが、自分だってやっぱり少し恥ずかしかった。

金はないよりあった方がいい。屋台よりは店の方が偉い。小さな店より大きな店のほうが格好いいというのが、人の常。今の横浜の考え方なのだ。

屋台だって立派な商売だと思っていても、駒太のような目で見られると、やはり格好悪い、恥ずかしいと思う気持ちが先に立つ。そんな自分が情けない。

勝次が二階にあがってしまうと、純也は罪滅ぼしのつもりか床の雑巾《ぞうきん》がけをはじめた。日乃出も純也に並んで、床をふいた。

「ねぇ、それで、写真館はどうだった」

「面白いよ。エゲレス人から写真術を習ったっていう技師がいて、横浜の町の風景とか、人物を撮っていた」

「純也も写真、撮ってもらえばよかったのに」

「写真なら、もうあるの。フランスで撮ったから」

純也はそんなの当たり前じゃない、というような顔をした。

「えっ、そうなの。ねぇ、どんなふうに。紋付きの羽織はかまなの」

「他の人はね。だけど、あたしだけ違うの。写真館の人がね、手はこうで、こっちを見てとか、いろいろ注文をつけるのよ。他の人はまっすぐ立って写真機を見るんだけど、あたしは、こんな風にね、踊り子みたいにして撮ったの」

手をねじり、体をくねらせてみせた。

「写真ができあがったら、店の男の人も女の人も集まって来て、きれいだ、かわいいってほめてくれた。あんたは舞台の役者か、歌手かって聞くの。日本から来たサムライだっていったら、もっと驚いた。あたし、十五だったのよ。そりゃあかわいいわよ」

船の上では髪を洗うのが大変なので、純也は品川を出るとすぐにまげも切ってしまっていた。陽に焼けた肌というのも、西洋人には魅力的に見えるらしい。東洋から来た美しい少年は、みんなの注目を浴びたのだ。

「大変なこともいっぱいあったけど、今振り返ると、楽しいことばかりね」

純也は床を拭いている。

「それで、写真館には、もう行かないの。仕事があるって言ってたでしょう」

「行かない。あたしの家はここだから。浜風屋のみんなが家族だから。心配かけてごめんね」

日乃出に小さく謝った。


だが、純也は翌日、消えてしまったのである。

部屋には、柳行李《ごうり》が一つ残されているだけだった。

二日過ぎても、三日過ぎても、純也から便りはない。さすがの勝次も少し心配になってきたらしい。

日乃出を呼んで、純也の部屋に入った。布団はきちんとたたまれて、ごみひとつ落ちていない。部屋の隅の柳行李だけが目立った。

「ちょいと失礼するよ」

勝次が柳行李を開けると、中にはわずかな着替えと本が入っていた。勝次が本を取り出すと、写真が一枚すべり落ちた。巨大な石像の前に二十人ほどの人物が並んでいる。よく見れば羽織はかまに刀を差した日本の武士である。

「ああ、これを置いていったんなら大丈夫だ。そのうち戻って来るよ」

「この写真はなんなの」

「あいつが船でフランス行ったことは聞いているだろう。その時、エジプトって砂漠の国に行って王様にも会ったんだ。その記念さ」

奥に見える三角の石の山は古代の王の墓で、その脇の石像は墓を守るスフィンクスというものだそうだ。

「純也は自分が何者なのか分からない。決めるのが怖いんだ。日乃出が来て、浜風屋がだんだんうまく回り出して、ああ、来年はこうなる、その次はこんな風って見えて来るだろう。そうすると、急にいたたまれなくなるんだってさ」

「どうして。いたたまれなくなるの。先が見えない方が不安じゃないの」

「普通の人はな。でも、あいつは普通じゃないから」

そうか。やっぱり、純也は普通じゃないんだ。日乃出は改めて思った。

「あいつは妙な言葉づかいをするだろう。あれで自分を守っているつもりなんだ。家族や故郷の話もほとんどしない。まぁ、その点は俺も似たようなもんだけど」

勝次は写真を本にはさむと、行李の蓋をしめた。

日乃出はいつか純也が、船の旅が好きだと言っていたことを思い出した。大海原を進んで行く。まだ陸地は見えない。まだ旅の途中。そのあいまいな時間が心地よい。男らしいのが苦手でも、女になりたい訳ではない。不思議な言葉づかいをする、ちょっと変わった人。誰にも似ていない、何者でもない自分。それが純也の目指す自分だ。

「放っておいてやりな」

勝次は言った。

「ノラ猫はケガすると傷が治るまで暗い所でじっとしているだろう。それと同じさ。あいつも心の傷が痛むと人の目に触れないところに行くんだ。そこでじっとして、治るのを待つんだよ」

だが、日乃出は放っておくことができなかった。こうして荷物をおいて出て行ったということは、捜してほしいのではないだろうか。

心配しているよ、帰って来てほしいよ。

そう言われたいのではないだろうか。

純也は、横浜は故郷を捨てた人間の吹き溜まりのような土地だと言った。ならば、何がこの土地の人々を支えるのだ。安心させるのか。

明日の夢か。周囲の人々のやさしさか。それとも金か。

風に吹き寄せられて集まった人々だからこそ、肩を寄せ、温《ぬく》もりにひたりたいのではないだろうか。

「だって、純也は言ったんだよ。自分の家はここだって。浜風屋のみんなは家族だって。家族だったら、心配してやらなくちゃ。純也は心配してほしいんだよ」

「あいつはもう大人だぞ。そんな甘ったれたことを言うか。言われても困るぞ、おい」

「大人だって、甘えたいときがあるんだよ、きっと」

その晩、日乃出はお光に相談した。

「そうねぇ。でも純也さんは一人になりたいから出て行ったんでしょう。変に追いかけられるのも迷惑じゃないのかしら」

お光はおっとりとした様子で言った。

「勝次さんはどっちかって言えば真面目な堅物でしょう。純也さんにしてみたら窮屈で、時々息抜きしないとやっていかれないのよ。大丈夫よ。そのうち戻って来るわよ」

しかし日乃出は納得いかなかった。

純也は繊細な男だ。そしてとても複雑だ。

一人になりたいけれど、放っておかれたくない。老成したことを言うけれど、子供のような心も持っている。純也の中には正反対の二つの心があって、いつもぶつかりあっているように思える。

日乃出はふと思いついてたずねた。

「何がきっかけで、純也は浜風屋で働くようになったの」

「そうねぇ」

お光は遠くを眺める目になった。

「以前から時々菓子を買いに来ていたのよ。煉り切りが好きでね。松弥さんに菓銘にはどういう意味があるのかとか熱心に聞いていた。松弥さんも純也さんが来るのを楽しみにしていたみたい」

新緑の季節で、勝次は半年程前に松弥に救われて浜風屋で働くようになっていた。いつものようにふらりとやって来た純也を、松弥は作業場に呼んだ。これから煉り切りを作るから、いっしょにやってみないかと誘ったのだ。

松弥は仕事に厳しい人だったから、関係のない人を仕事場に入れることはめったにない。当時、勝次もまだ水をくんだり、鍋を洗ったりという簡単な仕事しかしていなかった。甘い物好きのお光も呼ばれて、三人で習うことになったのだ。

松弥は白い煉り切りを取り出し、三等分した。ひとつは赤と青の色粉で染めて藤色に。もう一つは青と黄色で若草色に。残りは白地のまま。三色を組み合わせて餡を包み、丸い一つの菓子にする。菓銘は山藤。新緑の季節の菓子だ。

「さぁ、同じように作ってごらんって言われて、三人で作り始めたの。松弥さんはいとも簡単に作っていたけど、同じようになんか出来ないのよ。あたしは藤色のはずが真っ赤になった」

それでもお光はなんとか形になった。勝次は色を作るところから難航し、包むところでさらに手こずり、出来上がった時には指先にも手の平にも、袖にも煉り切りがべたべたとついて、とても食べられる代物ではなかった。

純也の菓子はぐずぐずと今にもくずれそうな姿をしていた。だが、色ははっとするほど美しかった。

「藤色だけを見た時は少し地味かなと思ったのよ。でも、若草色をのせて仕上げると、二つの色が響きあうように見える。その頃、純也さんは芝居小屋を手伝っていて、いつもびっくりするような派手な着物を着ていた。奇抜な色の組み合わせだったけれど、なんだかとても魅力があった。松弥さんはそういう純也さんの色の感覚を見抜いていたんだと思うわ。菓子が好きなら、ここで修業しろと強く勧めた」

「それから、すぐ浜風屋で働くようになったの」

「ううん。相変わらずよ。しばらくいたと思うと消えてしまう。そんなことの繰り返し。松弥さんは純也さんが来るたびにあれこれ菓子を食べさせて興味をひいた。そのうちにだんだん浜風屋にいる時間が長くなったの」

負けず嫌いの勝次は純也が店に来るようになって張り合う気持ちが生まれた。仕事に対する欲が出て、本気で菓子作りに取り組むようになった。だが、純也は相変わらず。今でも一人では餡が炊けないらしい。

「おとっつぁんに言わせると、純也さんは猫みたいな人だから、好きに歩かせておかないといけないんだってさ」

ここでも純也は猫扱いだ。

だが、日乃出はなんとなく気にかかった。それで仕事の手が空いた午後、野毛の写真館に駒太をたずねてみた。純也が来ていないかと聞くと、十日ほど前にやって来て酒を飲んだ。それきりだという。

十日ほど前というのは、最初に純也が外泊した日のことである。ムラングという菓子をみやげに持たせたかとたずねると、「ここは写真館だから菓子のことは分からない」と言われた。

では誰が純也にムラングをあげたのか。

西洋の菓子屋なら横浜に何軒かある。独逸亭《どいつてい》というのはドイツ人がはじめた店で、たずねるとムラングなどという菓子は聞いたことがないと言われた。ベイカリーヨコハマというのはパン屋で、ムラングはおいてなかった。富沢軒《とみざわけん》というのもパン屋。サロン・ド・リズレーというのは曲馬団で一山あてたアメリカ人が関内ではじめた店だが、これも空振り。村田《むらた》という日本人の男が出てきて、ムラングというのはフランス語だから、フランス人に聞いてみるのが早道だと言った。

「山手にキリスト教会がある。その裏手に、フランス人の尼《あま》さんが住んでいる。時々、お菓子を焼いて信者さんに配っているそうだから、そこなら、分かるかもしれませんよ」

山手というのは関内を越えた南、海に面した高台のことで、早くから外国の軍隊が駐屯し、教会や住宅が建っていた。

すでに日が陰りはじめていたが、山手に向かった。

急な坂道を上っていくと、やがて屋根の先端に大きな十字架のついた白い建物が見えてきた。入口でたずねると、裏手の道を教えてくれた。坂道を下ると、木立に隠れるように木造の西洋風の家が見えた。ぐるりと囲った板塀の中をのぞくと、小さな庭の片隅に畑があった。そこに見慣れた背中があった。

「純也さん」

日乃出が呼ぶと、驚いたように顔をあげた。

「やだ。こんなところまで来てくれたの」

照れたように笑った。

「見つかっちゃった」

その顔が少しうれしそうだ。

家の中から灰色の服を着た外国の女が出て来て、日乃出を手招きした。

家の中の壁はいくつもの像や絵が飾られ、十字架を飾った小さな祭壇もあった。彼女はアンナという名で、ここで神に仕える日々を過ごしている。純也が片言のフランス語でいっしょに働いている人だと言うと、大きくうなずいた。アンナの服は何度も水を通したらしく色があせ、その手は荒れていたが、青い目が静かな穏やかな光を放っていた。

「今日はちょうどお菓子があるから、お茶を飲んでいきなさいって」

純也が言った。

やがて金属の器に盛った菓子が運ばれてきた。銀色の匙《さじ》がついている。

「ねぇ、この菓子、凍っているよ」

日乃出は目を丸くした。

「アイスクリンていうの。砂糖と牛の乳を混ぜて凍らせるのよ」

純也が少し得意そうに説明した。アンナがやさしい目でこちらを見ている。日乃出は純也をまねて匙ですくって口に運んだ。冷たくて甘い。アイスクリンは口の中でゆっくりと溶けて、体の中にしみこんでいく。

「おいしいねぇ」

日乃出は甘さの余韻を惜しみながら言った。

「これが西洋の味。あんことは全然違うでしょう。この菓子はあたしに自由って言葉を教えてくれた」

「自由」

「そのままでいいってことよ」

純也はやさしく微笑んだ。

彼が遣仏使節団の一員に選ばれたのは、父親が強く望んだからだそうだ。重要な任務を負っているとはいえ、長く危険な船旅だから随行員には総領息子は避けられた。純也は姉三人の下に生まれた一人息子だったから、当然、人選には入っていない。だが、父が推薦した。

何事もやり通したことのない息子に、機会を与えてやりたい。海で鍛《きた》えてほしいと言ったのだ。

「あたし、小さな時から少し人と変わったところがあったの。どこにいても、本当の自分じゃないような気がして、居心地が悪いのよ。おやじ様はあたしが赤ん坊の頃、姉たちがお人形の代わりに着物を着せたり、抱っこして遊んだからだっておふくろ様を叱ったわ。だけど、そんなの関係ないでしょう」

三女の後にやっと生まれた男の子が、泣き虫でひ弱で、剣術にはまったく興味を示さず、鏡ばかり見ていることに父は落胆した。体を鍛えようと無理やり外に連れ出したり、強く叱ったりすればするほど純也は委縮し、内にこもっていった。

目立たぬ子であればよかったのかもしれない。だが、純也は人目をひく美しい姿をしていた。女たちが振り返り、男たちは陰でお小姓《こしょう》と呼んだ。

「おやじ様には申し訳ないと思っていたわ。あたしじゃなくて、もっと全然違う子が息子として生まれてくればよかったのにね」

船の中でも純也は若かったから、雑用に追われた。ひどい船酔いで部屋から出られない人々の世話に明け暮れた。そうこうしているうちに外国人船員と仲良くなった。とくに親しくなったのが料理人だ。純也は調理場に行って野菜の皮をむいたり、切ったり、ちょっとした仕事を手伝った。片言の言葉と身振り、手振りで意志を伝えることが出来るようになっていった。日本からフランスへ、さらに砂漠の国へ。

純也たちの旅は続いた。

「その人は砂漠の国の生まれなんだって。頭に妙な布を巻いて、髪は黒くてもじゃもじゃで顔も浅黒い。目が緑なの。やることなすことへんてこりんだけど、それが彼らにとっては普通なのよ。分かる？　彼らからみると、あたしたちこそ、これ以上ないくらい変なの。信じられないって言うのよ。もう、笑っちゃった。ある時、あたしは言った。子供の頃から変わっているって言われて悩んでいたって」

「その人はなんて言ったの」

「神様は私たち一人一人を大切に思って作ったんだよ。あんたが変わっているっていうけど、それはあんただけにしかない個性なんだ。大切にしなさい。そのままでいいんだ。もっと気持ちを楽に、自由に生きなさいって。それを聞いて、気持ちがふわっと軽くなった。うれしくて泣けた」

純也は最後のアイスクリンをいとおしそうに口に運んだ。

「その料理人が作ってくれたのが、このアイスクリン。あたしのためにだよ。赤の他人が、あたしのために菓子を作ってくれた。菓子は人を支えるって本当かもしれないね。あの料理人の作ってくれたアイスクリンの味が、今もあたしを支えてくれる」

日本に戻って来た純也は結局、故郷には戻らなかった。横浜に来て、飯屋や芝居小屋の手伝いをして暮らしていた。芝居小屋の女形が甘い物好きだったので、浜風屋には何度も買いに行かされた。松弥は自分の手が空いているときは菓子の話をしてくれたし、勝次やお光と煉り切りを作ったこともある。いつまでも半端仕事をしていても仕方ないから、ここらで腰をすえて菓子の仕事を覚えないかと諭されたことも。職人になるほどの気持ちはなかったが、なんとなく浜風屋で働くようになったのだ。

だが今でも、心のどこかでは居心地の悪さを感じている。それは誰が悪いというのではない。純也の心の中の問題だ。最初は小さな塊で、気がつくとだんだん大きくなっている。耐えられなくなるほど大きくなると、ここにやって来る。

「ここは女の人ばかりだからね、水くんだり、薪割ったり、力仕事をすると喜ばれるんだ」

「夜は、ここに泊まるの」

「裏手の物置」

「ムラングってお菓子もここでもらったの」

「そう。お土産にって。写真館でもらったなんて嘘ついてごめんね」

純也はぺこりと頭を下げた。

「勝さんはあたしの居場所をどこだって言った？」

「どっか女のところ」

純也は一瞬考えて、それから二人で顔を見合わせて笑った。たしかに女のところだ。

「きっと何となく分かっているんだよ。いつもあれこれ詮索せずに、放っておいてくれるから」

鐘が鳴ってお祈りの時間がはじまるらしい。アンナがドアを手で示した。

純也は立ち上がり、もう帰りますと礼をいった。

外に出ると、夕焼けが空を染めていた。

「日乃出、迎えに来てくれてありがとう。うれしかった。勝さんがあたしを放っておいてくれるのもありがたいけど、捜してくれたのはもっとうれしい。気にかけてくれたんだって分かるから」

純也が言った。

「浜風屋は私たちの家だからね、みんなが家族のようなものでしょう。一人でもかけると淋しいんだ」

日乃出が応えた。

「本当の家族にはなれないけれど、家族、のようなものってこと？　あんた、いつからあたし達のことをそんな風に思ってくれていたの」

純也がたずねた。

いつからだろう。日乃出は振り返った。勝次が露草に惚れてしまった頃からだろうか。いや、もっと前、花吹雪饅頭を作った時か。それとも屋台をひいて焼き大福を売り始めた時から。もしかしたら一人で路地の草を抜いていた時から、家族になりたいと思っていたのかもしれない。

「そんな前から？　おかしいよ。あたしや勝さんと家族になりたかったの？　あんた本当に変わっているわね」

純也は声をあげて笑った。

「横浜は帰るところのない人が集まって来た吹き溜まりみたいな土地だって、純也はいつも言うけれど、私はそうは思わない。誰だって帰るところはあるんだよ。なかったら作ればいい。私が帰る家は浜風屋なんだ」

山手の丘から横浜の街が一望できた。関内を突っ切る馬車道を抜けて吉田橋を渡り、吉田町通りに。都橋を過ぎて野毛の通りに入ると浜風屋はもうすぐそこだ。最初の角を曲がって坂道を登る。三河屋の看板の脇の路地を入った奥にある小さな古い店。勝次が書いた看板がかかっていて、入口の戸は相変わらず建て付けが悪い。

「だけど、店の中はぴかぴかよ。勝さんと日乃出が毎日、ちゃんと掃除をしているから」

純也が言った。

今頃、勝次は何をしているだろうか。純也だけではなくて、日乃出までどこかに行ってしまったと心配してはいないだろうか。

「せっかくだから少し心配させようか。勝さんはこの頃、少し調子にのって生意気だから」

純也の言葉に日乃出は笑った。

勝次と純也は松弥がいた頃からの付き合いで、日乃出には分からない強い絆があるらしい。純也は勝次に甘え、勝次は純也をいたわる。だから純也が帰るところは浜風屋しかないのだ。それでも純也は時々、浜風屋を出て行きたくなる。一人になりたくなる。それは純也の心の傷のせいなのか。その傷はいつか癒《い》えることがあるのだろうか。

最後の光を散り撒いて、太陽が沈んで行った。街は薄闇ににじんでいく。

「きれいな夕暮れだったね。いつも、この風景を閉じ込めておきたいって思うけど、やっぱり消えちゃうんだ。一瞬だから、きれいなのかな」

純也は足元の小石を蹴った。

「帰ろう。浜風屋に帰ろう。勝次さんが待っているよ」

日乃出は元気よく言って、純也の手を引っ張った。

七、神田明神、名物の甘酒は江戸の味

待ちかねていた桜は暖かい陽気に誘われて一気に咲いた。気がつけば桜は散って、葉桜になり、白い雪柳《ゆきやなぎ》、黄色いれんぎょうが川辺の道を染めた。あと十日もすれば、横浜は若葉に包まれるだろう。

浜風屋は毎日、たくさんの注文を受けている。新規開店だ、創業記念だとあちこちの店から紅白饅頭を頼まれた。勝次の作るういろうや煉り切りも人気で、茶人からの依頼が増えた。屋台を引いてのお焼き売りはそろそろしまいにしようと思ったが、お客の方が放してくれない。二日に一度、いや三日に一度でいいから来てくれという。そこまで言われたら菓子屋冥利《みようり》に尽きると、お光を手伝いに頼んでお焼きを作り、三日に一度売りに行く。勝次も純也も毎日くたくただ。日乃出は夜、三河屋の階段を這うように登った。

それほど働いているのに、小豆も砂糖も値上がりし続けているから、儲けはさほど出ない。谷善次郎との約束の五月末まであと三十日と少し。それなのに貯まったお金は五十両に満たない。

日乃出達は、かなり焦ってきた。

このまま頼まれ仕事をこなしているだけでは、百両にはとうてい届かない。百両を作るためには、大きく稼ぐ算段をしなくてはならない。

つまり、何としても近日中にまぼろしの菓子、薄紅を完成させなくてはならないのだ。

日乃出は少し早めに仕事を終わらせ、薄紅の試作に取り掛かることにした。

薄紅は外はさくっとして、中はしっとりした卵白と砂糖で作る菓子。丸く焼き上げて和三盆の蜜をはさむ。薄紅色に染めて、表面は陶器のようになめらかだ。

分かっているのは、それだけだ。

父の仁兵衛は薄紅の材料や作り方を自分だけのひみつにしていた。いつか娘の日乃出には伝えようと思っていたに違いないが、それを果たせず、白河の関で斬殺された。

夕餉の後、松弥の残した菓子の本を開いて見ていると、純也が話しかけてきた。

「何を見ているの」

「南蛮菓子の作り方。卵を使うから、南蛮菓子が参考になるんじゃないかと思って」

カステラ、鶏卵そうめん、ぼうろ、金平糖《こんぺいとう》、有平糖《あるへいとう》と南蛮菓子の作り方が紹介されている。

南蛮菓子を日本に伝えたのは、スペインやポルトガルの宣教師たちである。彼らはカステラや金平糖、ぶどう酒など、めずらしい南蛮の品々を配って人々をもてなし、布教の助けとした。

その頃のカステラは固く、ぼそぼそしたものであったらしい。

この菓子はイタリア、フランスへと伝わり、ふわふわとやわらかなジェノワーズ、つまりスポンジケーキへと発展する。ジャムやフルーツ、ナッツをはさんだり、クリームを塗るなどして、見た目も華やか、味わいも豊かなケーキへと変身をとげるのだ。

だが、鎖国時代の日本には、そうした情報は伝わらない。日本の菓子職人はカステラに何かをはさんだり乗せたりするのではなく、カステラそのものをふんわりとやわらかく、しっとりと口どけよくするよう工夫を重ねた。

卵の数を増やし、砂糖を多くすれば味はよくなる。だが、その分、生地が重くなるので、ふくらませるのが難しい。ふわふわの気泡は、泡立てた卵のたんぱく質が熱によって固まってできる。焼いている間に泡がつぶれてしまわないよう、いかに均一で強い泡をつくるかが課題となった。

さらに焼き方にも工夫がいった。西洋式の天火《オーブン》がないので、最初はご飯を炊くように釜に直接生地を流して焼いていた。小さなものならその方法でもいいが、大きなものを焼こうとすると、中心に火が入るまでに上の方は黒く焦げてしまう。そこで大きな釜の中に、生地を流した木枠と鉄板を入れる方法が用いられた。つまり釜が天火の役をするわけだ。釜の下だけでなく、釜の上にも炭火をおいて上下から熱することも始まった。しかし、炭火を使って釜の中を一定の温度に保つためには、炭を継ぎ足したり、灰をかきだしたりとかなりの技術が必要になる。和菓子職人とはまた別に、カステラ職人という仕事ができた。

「カステラかぁ、いいねぇ。橘屋じゃあ、カステラも焼いていたの？」

「焼いていたよ。専門の職人さんがいた」

「そうかぁ。あたしは、薄紅は西洋の菓子から考えたものじゃないかと思うんだ。あんたの日乃出って名前、時代が変わるって意味じゃないの。あんたのおやじ様は西洋の菓子を勉強していたんじゃないのかなぁ」

たしかに日乃出と言う名前は、女の子にしてはめずらしい。仁兵衛の部屋には横文字の本が何冊もあったし、それを読むために、学問所に通ったという話も聞いたことがある。

「もう少し南蛮菓子のこと、調べてみなよ」

純也が菓子の本をのぞきこんだとき、戸の外で声がした。

「夜分遅く申し訳ありません。こちらに橘日乃出という方はおられますか」

勝次が立って、戸を細く開けた。

「どなた様ですか」

「会津の篠塚《しのづか》きさの叔父で、篠塚六蔵《ろくぞう》というものです。篠塚きさの手紙をもってまいりました。日乃出さんのお父上のことで少しお話があります」

篠塚きさ。聞いたことのない名前だ。

勝次が振り返って日乃出を見た。

日乃出がうなずくと、勝次は戸を開けた。手甲脚絆《てっこうきゃはん》の旅姿の背の低い、骨ばった体つきの男が立っていた。

「勝手を申します。ありがとうございます。あなたが日乃出さんですか、お初にお目にかかります。姪《めい》のきさがお世話になっております」

六蔵は体を折り曲げて、丁寧に挨拶した。年の頃は三十の終わりくらいか。行燈の明かりに照らされた顔は頬骨が高く、眉が太く、低い鼻をしていた。

「できれば日乃出さんと二人だけで話をしたいのですが」

「あら、そうなの」

純也は上がり框《がまち》の奥の板の間をすすめると、自分は仕事場の奥に移動した。勝次も洗い物をはじめた。

狭い家だ。どこにいても話は聞こえる。

「まぁ、ほかでもないことなのですが」

六蔵は振り分け荷物の中から封書を取り出し、日乃出に手渡した。

「あなたのお父上がきさに宛てた手紙です。きさは五年ほど前からお父上のお世話になっておりまして、仁吉《じんきち》という男の子も一人おります」

世話になっているとは、どういうことか。父に別の家族がいたということか。手紙を開く手が少し震えた。

『きさ殿
ご依頼の件、承知しました。

五両を送ります。

家を探すなら、できれば会津を離れてどこか、静かな所がよいでしょう。

御身大切に。仁吉に風邪をひかさぬように』

確かに父の字である。用件のみの簡単な文面だが、親しげな感じが伝わってくる。

「お父上は残念なことを致しました。白河の関で亡くなったとか。どうして白河の関に行かれたのか、ご存じですか。あれは、きさを訪ねる途中だったのですよ」

「きささんの所、ですか」

「そうなんですよ。もちろん、それはごくごく内密なことですから、どなたにもお話ししていなかったのではないですか」

六蔵はわが意を得たりという風にうなずいた。

父が白河の関で旧徳川方の侍に斬られたと一報が入ったとき、みんなが不思議がったのだ。父はなぜ白河の関に向かったのか。会津は戦に負けて、菓子の注文などある訳がない。しかも暮れの忙しい時期だ。どんな急な用事があったというのか。

「息子のことが心配だったんでしょう。寒い土地でね、風邪をひいていたんです。のどに来てね、高い熱を出す」

日乃出はぐっと言葉につまった。自分も子供の頃、風邪をひくたび高熱を出した。

父もそういう体質だったという。

六蔵は骨ばった手を床につくと、頭をすりつけた。

「ほかでもありません。きさは今、向島でお針の仕事でようよう暮らしをたてております。仁吉はこの冬に引いた風邪が長引いて咳《せき》が止まりません。ぜいぜいと苦しげな咳をしております。お医者様のお見立てでは、これは肺の方が弱っている。今のうちに治しておかないと、大変なことになると」

「つまり、金子《きんす》を用立てて欲しい。そういうことですか」

「申し訳ありません。ほかに頼るところがありませんもので」

日乃出は押し黙った。

「仁吉は腹違いとはいえ、あなたのたった一人の弟なんですよ」

六蔵は日乃出の顔をじっと見た。

「その眼差し。仁吉によく似ておりますよ。やさしい目だ」

そう言うと深くうなずいた。

「突然やって来て、藪から棒にこんなことを申し上げて、さぞや驚かれたと思います。ですが、考えてもくださいまし。日乃出さんのお父上もお母上も亡くなられた。血を分けたお身内というのは、もう仁吉一人だ。その仁吉が病に苦しんでいる。薬を買う金もない。哀れだとは思われませんか」

いつの間に傍に来たのか、すっと純也の手がのびて手紙を取り上げた。

「下田座の芝居にそんな筋書きがあったような気がするけどね」

手紙の文面を斜めに読むと、放り投げて返した。

「大店の橋屋だったらともかく、こんなちっぽけな店だもの。いくら見回したって金なんかとれる訳ないじゃないの。あんた、相手を間違っているよ」

六蔵が顔をあげた。細い目が釣りあがってこちらを睨んでいる。

「へん。正体出しやがったね、どこで手に入れたか知らないけれど、この手紙、どこにも息子だなんて書いてないじゃないか。安い芝居しやがって」

「てめぇ、関係ねぇだろう」

摑みかかろうと伸ばした六蔵の手を勝次が摑んでねじりあげた。

「あんたはきさの亭主か。日乃出のことをどこで聞いた」

六蔵は顔をしかめ、違う、俺はきさの叔父だと叫んだ。

「だったらきさはどこに住んでいる。俺がたずねていって話を聞く」

勝次がそう言って腕を離すと、六蔵は諦めたらしく、すごすごと出て行った。


それで話は終わったことになった。

日乃出が日本橋の大店の娘で、谷善次郎と掛け軸をかけて勝負しているということは、いつの間にか世間の噂になっていた。閑古鳥が鳴いていた浜風屋が、日乃出が来てから活気を取り戻し、面白い菓子を作るようになったと人々はささやきあった。

六蔵という男はどこかで手に入れた仁兵衛の手紙を種に、日乃出から金をせびりとろうとしたのだ。このことはすぐに純也が面白おかしく三河屋に伝えた。仁王様のような勝次がいるのを調べなかったのが失敗だったと、お豊やお光といっしょになって笑った。

だが、日乃出はひっかかるものがあった。

六蔵の話は本当に、ただの思いつきの作り話だったのだろうか。手紙の文字はたしかに父の仁兵衛のものだった。父はきさに五両の金を送っていた。少ない金ではない。それなりの関わりのある人だということではないか。

きさとは、どんな関係なのか。

日乃出の知らない、別の家庭があるということなのか。

叔父の泰兵衛や番頭の己之吉はそれを知っていたのだろうか。知っていて、日乃出には黙っていたのか。

疑問はどんどん大きくなって、日乃出を苦しめた。

「私、一度、日本橋に帰ろうかな」

小さな声でつぶやいたつもりだったのに、隣でお焼きを包んでいた純也の耳に届いたらしい。

「なんだって。あんた、今、なんて言ったの」

「なんでもない」

「日本橋に帰りたいって言ったの」

「うん、まあね。そろそろ一度戻ってみようかなと思って」

「そうねぇ。だけど、それは掛け軸のことが終わってからにした方がいいんじゃないのかなぁ。ねぇ、勝さん」

勝次もお焼きを包む手を休めず、うなずいた。

「賛成はしないな。なにも、急いで帰ることはないだろう」

「そうかなぁ」

叔父の泰兵衛と叔母の幾のところには、何度か文を出した。幾から、体に気をつけて精進するようにと返事が来たのは一度だけだ。

一時は親代わりになると言ってくれた二人だったが、掛け軸の一件以来、すっかり疎遠になった。半ば縁を切られた格好になっている。

「おじさんのところにも、一度顔を出してくる。迷惑をかけたことを謝りたいし。それに日本橋に行けばいろいろな菓子屋があるから、薄紅の手がかりが摑めるかもしれない」

「どうだかなぁ。それなら横浜の方がいいんじゃないのか。今、一番新しいものがあるのは横浜だよ」

勝次も純也も歯切れが悪い。ただでさえ忙しいのに日乃出が抜けると困るということかと思ったが、そうでもないらしい。あれやこれやと似たような問答が繰り返されて、「まあ、あんたがそうしたいんなら、反対する理由はないけどね」と勝次が言って決まった。

日乃出は東京に行くことになった。

品川で一泊し、早朝宿を出て日本橋に着いたのは昼前だった。日乃出はうきうきとしてきた。神田堀《かんだぼり》にかかる今川橋《いまがわ》のたもとに来ると、気持ちが晴れやかになった。目の前には見慣れた風景が広がっている。町はにぎわって、人通りも多い。歩いている人の着物も顔つきも、横浜とは少し違う。一言でいえば粋《いき》なのだ。どんなに横浜がにぎやかだと言っても、日本橋にはかなわない。やはり日本橋は日本一だ。

日乃出の足はどんどん速くなった。まず叔父の泰兵衛の家に挨拶に行く。本町通りの角を曲がり、一筋裏手の小道を進むと千鳥屋というかんざしなどを扱っている店がある。

行ってみると、古く小さかった店が改装して新しくなっていた。間口も広くなり、女たちでにぎわっている。

入口でうろうろしていると、奥から叔母の幾が駆け寄って来た。

「日乃出、日乃出じゃないか。あんた。どうして、ここに来たの。横浜の菓子屋はどんな具合なの」

少しあわてた様子だった。

「叔母さん、横浜の菓子屋ではなんとか元気にやっています。お客さんも増えて、繁盛してきているんです」

「ああ。そうかい。それならいいんだけど。来るんなら来るで、手紙で知らせてくれればいいのに。急に来るから、何事かとびっくりしたよ」

やっと少し安心したように顔をほころばせた。

店の奥の住まいに案内された。座敷は新しく、青畳の香りがした。みやげのお焼きと饅頭を出すと、これを日乃出が作ったのかと幾は驚いた。従兄弟《いとこ》たちは恥ずかしそうに挨拶をするとすぐに去った。表で叔父の泰兵衛の声がした。

「今、忙しい時間でね。叔父さんは手が離せないけど、そのうち来るから。それで薄紅は出来そうなのかい。百両はなんとかなりそうかい」

幾は矢継《やつ》ぎ早《ばや》にたずねた。

日乃出は浜風屋を訪ねて行ったら、松弥という職人はとうに亡くなっていたこと。勝次と純也という職人がいて三人で働いていること。お客は増えて来たがまだ百両には遠く、薄紅を作るのに苦労をしていることなどを話した。

幾は日乃出の話にいちいちうなずいたり、感心したりした。屋台をひいてお焼きを売っているというと「橘屋の一人娘がねぇ」と涙を流し、野毛の御殿で最中皮の銭を詰めたというと目を丸くした。

「叔母さん、今日ここに来たのは一つ聞きたいことがあったからです」

日乃出は六蔵という男が訪ねて来たことを話した。

「きさという名前を聞いたことがありますか」

「きさって言うのかい。その女は。聞いたことはないねぇ」

幾は首を傾げた。

「だけど、姉さんがころりで亡くなったのは五年前だろう。仁兵衛さんは情に厚い人だったからね、何かの縁で世話をすることになった女の人がいたのかもしれないねぇ。ああ、日乃出ごめんね。そういう人がいても、不思議じゃないってことだからさ。もちろん、仁兵衛さんは姉さんのことをとっても大事にしていたよ。だけど入り婿《むこ》だからね、人には言えない苦労があったかもしれないよ」

橘屋は日乃出の曽祖父がはじめ、祖父である二代目源蔵《げんぞう》の時に将軍家の御用を承るようになった。源蔵には息子がなく、妙と幾の娘がいた。そのため源蔵は早くから跡継ぎについて悩んでいた。これはと白羽《しらは》の矢をたてたのが、京都で修業を終えたばかりの仁兵衛だった。源蔵とは遠い親戚にあたる。

その時、仁兵衛は十八歳だった。京都の老舗で修業したとはいえ、橘屋には橘屋のやり方があるから、とまどうことも多かったはずだ。源蔵も古参の奉公人の手前、ことさら厳しく仁兵衛を仕込んだ。他の奉公人とともに二階の小さな部屋で寝起きし、水くみ、掃除からはじめて最初の一年は餡に触れさせなかった。

仁兵衛は誰よりも早く起き、誰よりも遅く寝る。人の倍は働くという仕事ぶりで、みんなの信頼を得ていった。

「あんたのおとっつぁんの偉いところは、今までの橘屋で満足しなかったことだね。思い切って新しいことをはじめたんだ」

それまでの橘屋は御三家お出入りの菓子屋ということで、ふつうの人にはちょっと敷居の高いところがあった。仁兵衛は格式を保ちつつ、ふだんのお菓子にも力を入れるようにしたのだ。月のはじめには、お朔日《ついたち》菓子と呼び、特製の団子や大福を売り出した。月替わりの菓子には、錦絵のようなきれいな色刷りの包み紙を用意した。若い娘の評判をとって、包み紙欲しさに菓子を買う客で列が出来た。正月だ、月見だと店の前で餅をつくことを考えたのも仁兵衛だ。

「橘屋に行くと楽しいことがあるとみんなに思わせた。仁兵衛さんの代になって、橘屋はぐんと大きくなったんだ」

幾は遠くを見る目になった。

「おとっつぁんは西洋の菓子についても勉強していましたか」

「ああ、そうだよ。姉さんから、そんな話も聞いたよ。長崎から西洋の菓子の本を取り寄せた。何でも目の玉が飛び出るほど高かったらしいよ。もちろん横文字だからね。言葉が分からなくちゃ、本が読めないって忙しい時間を割いて塾に通ったんだ。そこでいろんな人と知り合って家に呼んでいたよ。勤王《きんのう》の志士だか、何だか知らないけれど、ずいぶんごちそうしたし、お金を用立てたこともあったらしい。姉さんがちょっとそんなことを言っていた。考えてみれば、あれが仁兵衛さんの道楽だったね」

離れの茶室に時折、お客が来ていた。店を通らず、裏手から入って、また裏手からひっそりと出て行った。茶人仲間だと聞かされていたが、あれは外国語の塾で知り合った人たちだったのだろうか。

日乃出は父の部屋の様子を思い出していた。壁一面に書棚があり、入りきらない書物が床に積み上げられていた。その中には、長崎から取り寄せたという外国の本もあった。父は仕事が終わると部屋にこもり、遅くまで書物を読み、書き物をしていた。そうかと思うと、人気《ひとけ》のない仕事場で一人菓子を作っていた。

本で読んだ西洋の菓子を実際に作ってみたのではないだろうか。

そうした中から、薄紅は生まれた。

もしかしたら、父の部屋に薄紅の手がかりが残されていたのかもしれない。どうして、今まで気がつかなかったのだろう。

「おとっつぁんの部屋にあった本は、どこに行きましたか」

日乃出はたずねた。幾は一瞬、ぽかんとした。

「西洋の本です。おとっつぁんの部屋にあったたくさんの本、毎晩日記のように書いていた物。あれは今、どこにあるか分かりますか」

「さぁ、どうだろうねぇ。店を閉める時は、それこそてんやわんやだったから」

「薄紅は西洋の菓子を参考にしたのかもしれないんです。だから、あの本を見たいんです。それに、書いた物があれば……」

「日乃出、あんた、何を考えているの。そんなこと、今さら言われたって、分かる訳ないじゃないか。何かい、あんたはここに文句を言いに来たのかい」

幾は声を荒らげた。

「あんただって、仁兵衛さんが亡くなった後の騒ぎを覚えているだろう。証文を持った借金取りがやって来た。中には質《たち》の悪いのもいて、店先ですごむ者もいれば、鍋だの釜だの、はては蔵の茶道具を持ち出そうとする者もいる。奉公人は浮き足立ち、収拾がつかないほどだった。なんとか話をまとめたのが、うちの人、泰兵衛なんだよ」

「すみません。そんなつもりじゃないんです」

「だったら、なんで今さら、そんなことを蒸し返す。あんたみたいなのを、恩知らずって言うんだよ」

「違います。そんなつもりじゃないんです。気に障《さわ》ったら謝ります」

日乃出は必死で謝った。

「日本橋の橘屋の名前は京大坂にまで知られているんだ。あんたは橘屋のたった一人の跡取りだ。いずれ婿を取って、うちの人もいっしょになってもう一度橘屋の店を出すってことも考えていたんだよ。だけど、あんたがこそ泥みたいな真似をしたから、すべてがぶち壊しになった。あたしたちが、あんたの後始末に駆けずり回っている間に、番頭の己之吉が手を回した。気がつけば、家も蔵もすっからかんだ」

蔵に積まれていた砂糖や小豆はもちろん、高価な茶道具や書物もどこかに消えていた。

己之吉からは借金の形《かた》に渡したと言って証文を見せられたが、その証文が正式な物なのか、金額が妥当なものかも分からない。

幾は決めつけるような強い調子でしゃべった。

その表情はひどく卑《いや》しく見えた。

日乃出はそっと家を見回した。

家は新しく、店も広くなっている。その金はどこから出て来たのか。

本当は善次郎から、かなりの金額をもらっていたのではないだろうか。

だが、そんなことを考えてはいけない。橘屋が店を閉めるという時に八方手を尽くしてくれた。引き取って嫁に出すと言ってくれた。日乃出が掛け軸を取りに橘屋に入った時は、いっしょになって善次郎に謝ってくれたのだ。

「悪いけど、あんたの顔はもう見たくないよ。あたしたちだって、今度の事では苦い思いをいっぱいしたんだからさ」

日乃出はその言葉をうなだれたまま聞いた。返す言葉がなかった。

千鳥屋を後にして気がついた。叔父の泰兵衛はとうとう一度も顔も見せなかった。もう二度と、この家の敷居をまたぐことはないのだな。自分とは関わりのない家になってしまったのだと思い定めた。

そのまま一筋裏手の道を通って橘屋のあったあたりをやり過ごした。

橘屋を買った谷善次郎は、すぐに大坂の店に転売したのだそうだ。橘屋は間口十間、白漆喰塗りの立派な造りだった。その建物をすっかり壊し、レンガ造りの西洋風に造りかえるという。

自分が生まれ育った場所が更地になっているのを見たくなかった。

そのまま日本橋北橋詰に向かう。

しばらく行くと、通り過ぎる人たちがみな同じような菓子折りを持っていることに気がついた。箱には藤娘を描いた掛け紙がかかっている。藤娘が振り返った姿も、着物の柄も、橘屋が月替わりで出していた掛け紙とよく似ている。娘たちはきれいな掛け紙が自慢で、風呂敷に包まず、わざわざ見えるようにして持つのだ。

日乃出は娘を呼び止めて、菓子をどこで買ったのかたずねた。娘は少し得意そうに、「これは白柏屋《しらかしや》の藤饅頭よ。今、東京で評判のお店なの」と応えた。

指差す方向に歩いていくと、白柏屋ののれんが見えてきた。大店とはいえないが間口も広く、瓦屋根の立派な店で、人がひっきりなしに出入りして繁盛しているのが見て取れる。

近づくと焼き団子の香ばしい香りが漂ってきた。

店先で団子を焼いて、香りで客を引き込むのは仁兵衛の考えた仕掛けだ。山椒《さんしょう》餅、遠山餅と大きく書いたのぼりを見て、どきりとした。脇に赤い線を入れた筆文字までよく似ている。

だれかが、橘屋のやり方をそっくりまねて商売している。

団子を焼いている手代の顔に見覚えがあった。以前橘屋で働いていた者だ。そっと店の表から中をのぞくと、御代を受け取っている手代と目があった。やはり橘屋にいた者だ。

手代は驚いた顔をして奥に引っ込んだ。入れ替わりのように背の低い、やせた町人まげの男が出てきた。番頭の己之吉だった。

「いやあ、日乃出お嬢さん。ご無沙汰しております」

己之吉は愛想笑いを浮かべ、頭を下げた。

店先ではなんですからと、奥の座敷に通された。座敷に座ると、すぐ脇に仕事場が見えた。十人ほどの職人が働いている。ほとんどが、橘屋にいた者たちだ。表からは、藤饅頭を一折、山椒餅にうずら餅を六個と注文の声が聞こえる。

「ずいぶん繁盛されているんですね」

「いやいや、とんでもない。お嬢さんにそんなことを言われますと、恥ずかしいです」

己之吉は恐縮してみせた。茶と饅頭を運んできた小僧が、日乃出の顔を見るとひょいと頭を下げた。

「覚えていらっしゃいますかね。橘屋さんにいた正助《せいすけ》ですよ。橘屋さんがあんなことになって、行くところがなくなった小僧や手代がたくさんいましてね。郷《さと》があるものはいいけれど、親兄弟もいなくなって帰るに帰れない者もいる。こんなご時世においそれと次の奉公先が見つかる訳でもない。どうしたらいいのか、私も困りましてねぇ」

己之吉は自分の言葉に大きくうなずいた。

小僧や手代のほとんどは橘屋で寝起きしていた。食事も店でまかなうから出ていく金はほとんどないが、その分給金《きゅうきん》も安い。持ち物だって、ろくにない。風呂敷包みひとつに収まってしまうくらいなのだ。突然、店がなくなる、新しい奉公先を探せといわれて途方に暮れた者も多かったろう。

「そう思っていましたら、助けてくださる御仁もあり、たまたまこの家も貸家になっていましてね。それでなんとか、店をはじめることができたんですよ」

橘屋が店を閉めたのは如月の初め。それから六十日。それにしてもこの繁盛ぶり。あまりに手回しが良すぎないか。

日乃出はついあれこれと勘ぐってしまう。

日乃出の心の動きに気づいたのか、己之吉はひょいと上目遣いで日乃出を見て、唇をなめた。

「先代にも仁兵衛さんにもご恩がありますから、橘屋の火を消してはいけないとも思ったんですよ。お嬢さんは横浜にいらっしゃったというし。こう言っては何ですが、今は橘屋の名前が邪魔になるんですよ。将軍家お出入りのあの橘屋かってね。今は新しい世の中ですから」

白柏屋ならば橘屋とは関係がない。新政府の役人も贔屓にしてくれているという。

日乃出はすすめられるままに饅頭を食べた。皮に黒糖を加えた饅頭で、蒸したてで皮がふわふわとしている。橘屋の藤饅頭だ。懐かしい味に涙が出そうになった。

「釜がちょっと小さいのですが、職人も材料も作り方も橘屋さんの頃と全く同じですよ」

己之吉はそれが当然というように言った。

「お嬢さんも横浜で立派に菓子の修業をされているとうかがっておりますよ。めでたいことじゃございませんか。それで、今日のご用向きはなんでしょうかね。久しぶりに東京見物とか」

以前と同じくお嬢さんと呼んでくれるが、その声音は冷たい。

「いえ、少し気になることがあって」

日乃出は六蔵という男が訪ねて来たことを話した。

「篠塚きさという名前に記憶はないでしょうか」

「ありませんな。旦那様はあまりご自分のことをお話しにならない方でしたから。私が知っているのは商売のことだけです」

己之吉はそっけなく応えた。

「では、おとっつぁんがあの日、白河の関に行った理由については何か聞いていませんか」

「ああ、そのことですか。ほかの方にも聞かれましたが、私は何も知りません。旦那様は、ちょっと用事があるからとおっしゃっただけでした。私もそれについて何もうかがいません。ずっとそういう風に進めてきましたので」

「別の家族があるというようなことは、聞いていませんか」

「まさか。旦那様に限ってそんなことがある訳ありませんよ」

己之吉は言葉とは裏はらに意地の悪い笑みを浮かべた。

「そうですよね。ありがとうございます」

「もう、よろしいでしょうかな。店も混んでまいりましたので」

己之吉は首を伸ばして、表の手代たちに何か指図をしている。もう帰れという合図なのだろう。

「すみません。もうひとつだけ、教えてください。おとっつぁんの部屋には本がたくさんありました。日記のような物も書いていたと思います。あれはどこに行ったのか、ご存じないでしょうか」

「いやぁ。分かりませんな。そのことなら千鳥屋さんにお聞きになっては、いかがでしょうか」

「今、行って来たところですが、知らないと言われました。己之吉さんなら分かるだろうって」

己之吉は途端に渋い顔になり、大きなため息をついた。

「まぁ、何を言われたのか大体分かりますよ。私が勝手に処分したとか言っているんでしょう。お嬢さん、この店を見れば分かるでしょう。私が恩のある橘屋で私腹を肥《こ》やそうなんて思う訳ありませんよ。突然店がなくなって困っている奉公人たちがたくさんいた。だから、小さくてもいい、みんなが働ける場所を作ろうと思い立ったんですよ。それぞれが出来ることをやっている。そりゃあ、橘屋の味だし、包みだし、売り方ですよ。でも、いいじゃないですか。もう橘屋はないんだから。なくなってしまったんだから」

そうなのだ。橘屋はなくなってしまったのだ。日乃出は寂しい気持ちで己之吉の言葉を聞いた。

「気をつけてくださいよ。あの方たちこそ、橘屋の身上《しんしょう》を以前から狙っていた。なんやかんやと橘屋に出入りしていたでしょう。二人の息子さんたちを養子にしてくれないかと旦那様に相談していたんですよ。もちろん、旦那様はそんな話には耳を貸しませんでしたよ」

仁兵衛が亡くなった途端、泰兵衛は橘屋に乗り込んできて、これからは自分が日乃出の親代わりとなる。店のことも自分が引き受けると言い出したそうだ。

「菓子の事を何も分からない素人《しろうと》に店をかき回されちゃあたまらない。なんとかしてくれって職人たちが私に泣きついてきた。私だって、最初から事を荒立てる気持ちはなかった。けれど、向こうが喧嘩ごしになるから仕方ないじゃないですか。蔵の鍵をよこせ、帳簿を見せろと、我が物顔なんですから」

日乃出はことの次第が分かってきた。結局、叔父の泰兵衛と番頭の己之吉は橘屋の財産を取り合って争ったのだ。やせても枯れても日本橋の橘屋だ。借金取りが押し寄せたなどと言っても、まだいくらかは、いやかなりの物が残るはずだったのだろう。

鍵を握るのは、一人娘の日乃出だった。

叔父の泰兵衛は日乃出の後見人として采配《さいはい》をふるうつもりだった。ところが、日乃出は事件をおこし、横浜に行くことになった。

番頭の己之吉が使用人を集めて、橘屋そっくりの店をはじめ、繁盛させている。当てがはずれた叔父夫婦は日乃出に腹を立てている。顔も見たくないということかもしれない。だが、己之吉だって今さら日乃出に出て来られては都合が悪い。本心は早く横浜に帰ってもらいたいのだ。

勝次や純也はそのあたりの事情を察していたに違いない。だから、日乃出が東京に行きたいと言い出したとき、いい顔をしなかった。

もう、己之吉と話すことはない。日乃出は丁寧に頭を下げて店を出た。

東京になど来なければよかった。

今川橋を渡って大通りに入ったときのうきうきとした気持ちは、もうどこかに行ってしまった。あんなに明るく見えた人々の顔も、よく見れば眉をひそめ怒っている人も、仏頂面をしている者もいる。物乞《ものご》いもいれば、泣いている子供もいる。どこも同じだ。

日乃出の心にあった日本橋はいつも明るい太陽に照らされていたけれど、それは想い出に彩られていたからだ。

早く横浜に帰ろう。勝次や純也といっしょにお焼きを作ろう。

足を速めた時、女の声で呼び止められた。

「お嬢さん。やっぱり日乃出お嬢さんですよね」

振り向くと、橘屋で女中をしていたお雪《ゆき》がいた。走って来たのだろう。苦しそうに胸を押さえている。

「己之吉さんの話を少しだけ聞いてしまいました。篠塚さんというお名前に憶えがあります。旦那さんのお知り合いのお侍ですよ。女中頭のたねさんに聞いてみたら、きっと分かります」

「ありがとう。たねさんは、今、どこにいるか知っていますか」

「神田の料理屋です。明石屋《あかしや》って名前で、神田明神のすぐそばです。たずねてみてください」

お雪はそれだけいうと店を抜けて来たからと足早に戻って行った。

再び今川橋を渡り、神田に向かう。明神下で人にたずねると、明石屋はすぐに分かった。季節料理が得意な大きな店だった。

夕餉にはまだ早い時間で、店は休みに入っていた。日乃出は店の奥に回り、たねという人はいるかとたずねると、その先の空き地のあたりにいるはずだと教えてくれた。

空き地の切り株に座っている女がいた。丸い後ろ姿に見覚えがあった。思わず大きな声で呼びかけた。

「あらまぁ、日乃出お嬢さん」

声は昔のままだったが、髪がすっかり白くなっていた。わずかの間に十歳も年をとってしまったようだ。

「ごめんね」

日乃出はたねの手をとった。

「どうして、何を謝ることがあるんですか」

「橘屋がなくなって苦労したんだよね」

「そんなことありませんよ。神田はあたしの生まれた所ですからね、この店でもよくしてもらっているんです」

少しの間なら店を出られるからと、たねは店の者に断って日乃出を神田明神の境《けい》内《だい》に誘った。

「今年は二年に一度の三社祭《さんじゃさい》がありますよ」

たねは明るい声をあげた。初夏というにはまだ少し早いが、日射しはまぶしいほどに明るく、たねの白髪を輝かせた。日乃出は悲しい気持ちでそれを眺めた。

「甘酒飲みましょうか。ここの甘酒、お嬢さんは好きでしたね」

「もう、お嬢さんじゃないんだから」

「何をおっしゃる。あなたは橘屋さんのお嬢さんですよ。早くあの掛け軸を取り戻して、橘屋を始めましょう。あたしは待っていますから」

たねは茶店で甘酒を買って日乃出にすすめた。

「やっぱりお嬢さんは旦那様と奥様の娘ですよ。あの追いはぎ善次郎に向かって、一歩も引かなかったそうじゃないですか。あたしは、その話を聞いて胸のつかえがすっとおりましたよ。うれしかった」

ほの甘い味は三社祭のにぎわいを思い出させた。たねは神田の生まれが自慢で、三社祭にはかならず見物にやって来た。日乃出も母の妙に連れられて、何度かお神《み》輿《こし》を見に来たことがある。

「それで、今日の御用は何でございますかね。まさか、あたしの顔を見るためだけにはるばる東京まで来た訳じゃないでしょう」

たねは明るい調子でたずねた。日乃出は篠塚きさの名前を出した。

「篠塚ねぇ」

たねはしばらく考えていたが、ひょっと顔をあげた。

「覚えております。篠塚裕輔《ゆうすけ》。会津のお侍さんですよ。旦那様は昔、勝《かつ》先生の塾で西洋の言葉を習っていたでしょう。そこで知り合った方で、旦那様に特別講義をしてくれた。きささんというのは、奥方のお名前です」

勝先生とは、勝海舟《かいしゅう》のことか。

「そうですよ。二十年くらい前に赤坂《あかさか》に小さな塾を開いていたそうで、旦那様はそこに通っていました。勝先生はその後、長崎の海軍伝習所に行かれたので、代わりにといって紹介されたのが篠塚様です。旦那様も会津の出身だから、お話が合ったのではないですか」

「その人には六蔵という叔父さんがいる」

日乃出は突然、六蔵という男がたずねてきた話をした。

「そりゃあ、作り話ですよ。旦那様がよそにお子さんを作るなんて考えられない」

きっぱりといった。

「ならば篠塚裕輔さんという人は、今、どこにいるの」

「なんとか会津を抜け出して、今は横浜にいるとうかがっています。お金は、小さなお子さんを抱えたきささんを気の毒に思って、旦那様が用立てたんでしょう。それなら、話の辻褄《つじつま》があうじゃないですか」

たねは自分の言葉に大きくうなずく。

「そうよね。あの手紙には、息子だなんて一言も書いてなかった」

「当たり前じゃないですか。旦那様は懐の深い、情に厚い方ですからね。困っている方を見捨てておけなかったんですよ」

日乃出は安堵《あんど》の息をもらした。その頬をたねがなでた。

「かわいそうに、ずいぶんやせてしまって。指も骨ばってしまって。これは力仕事をしている手ですよ」

「菓子を作っているからね。働く人の手になったんだよ」

日乃出は誇らしげに両方の手を見せた。

「まぁ、どんな菓子を作っていらっしゃるんですか」

日乃出が浜風屋の暮らしを話すと、たねはうなずきながら聞いていた。薄紅を作り始めているというと、大きく目を見開いた。

「でも、まだ手がかりも摑めない。おとっつぁんの部屋に外国の本がたくさんあったと聞いたけれど、それもどこに行ったのか分からない。日記のように書いた物には何か、書かれているかもしれないけれど。今さら、気づいても遅いよね」

「たしかにたくさん本をお持ちでしたよ。だけど、あれは己之吉が持って行きました。己之吉の奴は、旦那様のお部屋にあった本や書付けを全部そのまま、ごっそり自分の物にしたんです。あたしも噂を聞いてますよ。橘屋そっくりの菓子を作って商売をしているんでしょう。そのうち、薄紅も作るつもりですよ。お嬢さん、油断したらいけませんよ。あいつは口が達者で、うまいこと言うけれど、ずるがしこい男です。今、己之吉の店で働いている者たちだって、心から喜んでいる者なんかいやしませんよ。どうせ、こきつかわれておしまいなんだから」

たねは日乃出の背中をどんとたたいた。

「お嬢さんは子供の頃から味の違いがわかった。だから、己之吉はお嬢さんのことが怖いんですよ。あいつは金勘定には長《た》けているけれど、味についてはからっきしだ。餡の味だって分からない。分かったふりをしているだけ。だけど、己之吉の後ろには善次郎がついている。あの店は善次郎が金を出したって聞いてますよ。少しくらい横浜の商売がうまくいったからって、安心してたらだめですよ。己之吉は必ずつぶしにかかりますよ。執念深い男なんだから」

口の中に残った甘酒の味は次第に苦くなった。己之吉の背後には善次郎がいる。薄紅の手がかりになりそうな本も書付けも己之吉が持っていて、試作を重ねているらしい。

橘屋を閉めてから六十日。のんびりしていたら、己之吉が薄紅を完成させてしまう。もう一刻の猶予《ゆうよ》もないのだ。

八、善哉の甘さが謎を秘め

日乃出は焦っていた。早く帰って、薄紅に取り掛かりたい。だが、どんなに気持ちが急《せ》いても足がついていかない。鶴見で一泊し、早朝出立し、ようやく浜風屋に戻ると、勝次と純也にことの次第を説明した。

勝次は腕を組んで考え、つぶやいた。

「日乃出のおとっつぁんは蘭学塾に通っていたのか。白河の関に行ったたっていうのは、何だか訳がありそうだな」

「勝さん。そんなことより、薄紅を作る方が先でしょう。ぼんやりしていたら、その己之吉って男に先を越されちゃうかもしれないわよ」

純也が憤慨した様子で言った。

篠塚裕輔ときさという夫婦を捜すことは、ひとまず置くことにした。名前を変えてひっそり暮らしているかもしれない。そうなれば捜すのに時間がかかる。

勝次と純也、日乃出の三人で、つてをたどり、卵白を使った西洋の菓子の作り方を知らないかとたずねて回った。

日乃出は以前行ったことのある関内のリズレーのカフェの村田という男をたずねた。

「卵白を使った菓子ですか」

村田はしばらく考えていたが、海岸通りの出来たばかりのホテルにいる中国人コックから、薄紅色の菓子をもらったことを思い出してくれた。

「ホテルアズーというところで、卵白を使った菓子を売っています。でも、ふわふわとしていますよ」

どうやら薄紅ではないらしいが、何かの参考になるかもしれない。紹介状を書いてもらい、純也と一緒に海岸通りのホテルアズーをたずねた。出来たばかりの石造りの三階建てで、裕福そうな外国人客が出入りしている。紹介状を見せると、白い上っ張りに、白い帽子をかぶった中国人のコック長が出てきて、林《りん》と名乗った。よく太って、顔がつやつやと光っている。最初は中国語でまくしたてた。純也のフランス語は通じず、日乃出の筆談、さらに身振り手振りで会話した。

「卵の白身を使った菓子ね。知っているよ。上海時代によく作ったよ。フランス人の家で働いていたから。とてもおいしい。あんたたちは、その菓子を注文したいのか」

「あたしのフランス語が通じないなんて、おかしいわ。ほんとにフランス人の家にいたのかしら」

純也がつぶやく。

その言葉を聞き流して、日乃出が作り方を教えてもらいたいと伝えると、それはできないと断られた。さらに粘ると、だったら一両くれという。

「材料費を入れて二両。それ以上はまけられない」

仕方がない。二両を払った。林は金を懐に入れると、急に愛想がよくなった。

厨房に案内すると、下働きの若者に卵と砂糖をもってこさせた。透明な板のようなものも取り出した。

「これは魔法の板。日本では売っていない。上海から取り寄せている」

日乃出が触ろうと手を伸ばすと、だめだめというように引っ込めた。ちゃんと教えてくれる気はないらしい。

鍋を取り出し、山盛りの砂糖と水を入れて火にかけた。別の鍋に、板と水を入れて火にかける。さらに木の鉢を取り出すと、卵白を入れてかき混ぜ始めた。

「この菓子はとっても難しい。たくさんの仕事をいっぺんにやらないといけないから。砂糖と板と卵白。この三つのタイミングがずれると、だめ。失敗する」

林は得意げに左手で砂糖の鍋をゆすり、右手で卵白をかき混ぜる。その合間に板の入った鍋をかき混ぜた。やがて卵白は真っ白な泡の塊になって、先の方がぴんとがるほどになった。砂糖水は沸騰して蜜になり、ぶくぶくと白い泡を吹き出している。泡の上に泡が重なり、今にも鍋から溢れそうだ。

「さぁ、見ててご覧」

まっ白な卵白の泡に沸騰した砂糖蜜をたらし、板を溶かした液体、赤い色粉も加えると一気に混ぜた。そうして出来上がった薄紅色の泡を盆に流した。

「このままおいて、冷めれば出来上がり。はい、おしまい」

帰れとでも言うように手を振っている。

「お菓子はもらえないんですか」

日乃出は思わず日本語で抗議をした。

「だって、あんた達は菓子の作り方を教えてくれって言っただろう。菓子を買いたい訳じゃない」

林は身振りで応えた。日乃出は叫んだ。

「冗談じゃないよ。さっき、材料費だって一両払ったじゃないの。卵と砂糖とその板で一両もかかる訳ないでしょう。出来上がった菓子をちょうだい」

日乃出の剣幕に、林も何を言われているか分かったらしい。下働きの若者に指図して、奥から菓子を持ってこさせた。もったいぶって箱に入れて渡してくれた。

「この菓子はギモーブって名前。横浜で作れるのは私だけ。あんたたちは運がいい」


ホテルアズーを出ると、純也が大きなため息をついた。

「日乃出の大声には驚いたわ。あんた、いつからそんな恐ろしい女になったのよ」

「薄紅を作るためなら、どんな恐ろしい女にだってなってやるよ」

待ちきれず、ふわふわの菓子を口に入れた。やわらかな弾力があって、ほのかに甘酸っぱい果物の味とやさしい甘さが広がった。はじめて知る食感、味だった。

「悔しいけど、おいしい。憎たらしいコック長だったけど、威張るだけの事はあった」

「薄紅に似てる？」

「残念、全然違う。さくっとじゃなくて、ふわふわだった」

純也もひとつつまんで食べて、首を傾げている。

「変わった菓子ねぇ。でも、あたし、この食感を知っているよ。昔、のどの薬だって言われて食べたことがある。でも、名前が違った。ギモーブなんて名前じゃなくてね、ええと、ほら、百人一首にありそうな……大納言《だいなごん》じゃなくて……」

純也はもどかしそうに首をひっかく真似をする。

「百人一首……紀貫之《きのつらゆき》……」

「もっと変な名前」

「ええっと、じゃあ蟬丸《せみまる》？」

「そう。それ。蟬丸……じゃなくて、マシマロ」

「全然違うじゃないの」

日乃出は声をあげて笑った。百人一首の蟬丸の歌は「これやこの行くも帰るもわかれては　知るも知らぬもあふ坂の関」というものだ。琵琶《びわ》法師といわれるが詳しいことは伝わっていない。名前が面白いので覚えていたのだが、どうやら純也も同じだったらしい。

「まぁ、こんなこともあるわよ。気を落とさないでね」

純也は日乃出の肩をたたいた。

翌日、純也がまた別の菓子の作り方を持って来た。パリ夫人の菓子という名前だ。

「どこで手に入れたの」

「写真館の駒太のところ」

純也と共にフランスに行ったという男で、今は写真館で働いている。日乃出は関内の居留地であった時の、駒太の姿を思い出した。大きな金の指輪をはめ、自慢ばかりしていた。

正直いって、あまり印象はよくない。

「あの人は食べることが好きで、フランスでは西洋料理の勉強をしていたのよ。あたしと違ってちゃんと先生について、本もごっそり買っていた。だから何か分かるんじゃないかと思って。これは、駒太の持っていた本から写してきたの」

「それにしても、汚い字だなぁ」

勝次が言った。走り書きで、ところどころ抜けたり、横文字そのままだったりしている。

「材料百五十個分。卵白八百匁《もんめ》、砂糖八百匁、砂糖百匁……」

「なんで砂糖が二つあるんだ」

勝次がたずねた。

「二種類を使い分けるのよ」

「巴旦杏《アーモンド》の粉ってなによ」

日乃出が聞く。

「木の実よ。くるみみたいなもんね」

「こっちのチョコラってのは」

「チョコラっていうのは甘くて、ほろ苦い茶色の菓子。西洋の人はこれが大好きなの」

小豆と砂糖、米の粉があればたいていのものが出来てしまう日本の菓子とは大違いである。しかし、材料表はまだまとまっている方で、作り方となるとさらに分からない。

「一つ、卵白を泡立て、砂糖を加え、メレ……すべし。

二つ、粉類と一を混ぜて、チョコラを加え……。

三つ、……に絞るべし。

四つ、百八十度で五分焼き、足が出たらさらに二十分……」

「なんだ。なぞなぞか」

勝次ががっかりした声をあげた。

「しょうがないでしょう。急いでいたし、あたし読み書きは苦手なのよ。でも、駒太はこの菓子を食べたことがあると言ったわ。表面がしゃりっとして中はしっとり。

二個一組で間にクリームをはさむの。まぁ、あいつはとりあえず何でも、知ってる、知ってるっていう男だから信用は出来ないけど」

「駒太は作り方の方は教えてくれなかったの」

日乃出も口をとがらせた。

「だからさぁ」

純也の言葉は歯切れが悪い。よくよくたずねて事情が分かってきた。純也は駒太のところに卵白を使った菓子を知らないかと聞きに行った。駒太はそれが善次郎との勝負に関わることだとすぐに気づいた。

「教えてやってもいいが、それより今手元にある五十両を俺に貸せ。十日で百両を作ってやるとか言い出した」

「まさか、あんた……」

日乃出は驚いた。

「あたしだって、それほど馬鹿じゃないわよ。すぐに断ったわよ。だけど、駒太はどこからか日乃出の掛け軸のことを聞いていて、自分も仲間に入れろと言うのよ。善次郎に一泡吹かせるとかなんとか言っちゃって」

「それで、どうなったの?」

「だからさ、駒太の奴、外国の本をたくさん持って来て、貸してやってもいいけど高い本だからただでは無理だ。十両出せと言い出した」

今度は十両か。人の足下を見る者達ばかりだ。

「それであたしものらりくらり言って、本を見せてもらってたら、ちょうどいい具合にお客さんが来たの。駒太がいなくなった間に、大急ぎで書き写して来たのよ」

なんだか、どっちもどっちという気がする。

「しかし、こんな虫食いだらけの作り方では役に立たないだろう」

勝次が言った。

「あたしだって、次の策を考えているわよ。これを持って、山手のアンナさんに聞きに行くのよ」

「そうだ。あの人がいたね。お菓子が上手だった」

日乃出は膝を打った。そこで日乃出と純也は卵と砂糖をたくさん持って、山手のアンナをたずねることにした。巴旦杏とチョコラは手元にないが、仕方ない。

山手の丘の上の白い小さな家に行くと、アンナは以前と同じように温かく迎えてくれた。純也がアンナに材料と作り方を書いた紙を見せると、大きくうなずいた。

「このお菓子はよく知っているわ。ナンシーのお菓子よ。ナンシーというのは町の名前で私の故郷なの。このお菓子はとってもおいしいのよ」

純也が通訳してくれた。しかし、純也が持って来た紙にはパリ夫人と書いてあったはずだ。パリとナンシーは近いのだろうか。なんだか、少し話がずれているような気がする。

「ナンシーって、どんな町なんですか」

確かめるつもりで日乃出はたずねた。

「緑がたくさんあって、とても静かな所よ。ナンシーのお菓子はどれも素朴で簡単。おばあちゃんの味。チョコラはないけど、巴旦杏ならあるわ。今日はそれでいいかしら」

やはり少し違うような気がしたが、日乃出は気が急いていた。卵と砂糖を用意してわざわざやって来たのだ。ここで引き下がるわけにはいかない。

「ぜひお願いします」と日乃出がいえば、尼僧も大きくうなずき、笑顔になった。

台所に行き、材料を並べて説明する。

「卵は井戸水に浸して冷やしておくのよ。そうしないと、よく泡立たないから」

木の鉢に砂糖と巴旦杏の粉、卵白を混ぜる。鍋を取り出し、砂糖と水を合わせて温めた。

アンナは木の鉢を取り出して、卵白をかき混ぜた。ホテルアズーで見たように、やがて卵白は白い泡になり、泡の先がぴんととがるほどになった。西洋の卵白の扱いというのは、とにかく泡立てることにあるらしい。

アンナはひっきりなしに何かしゃべっている。それはどうやら「純也、ちゃんと仕事しているの?」とか、「懐かしいわ。ナンシーのこと、思い出しちゃったわ」とか、「今年は畑のかぶがよく育ったのよ」とかいった菓子に関係ないことであるらしい。純也はアンナの話にいちいち相槌を打ち、返事をする。菓子に関わることだけは日乃出に通訳してくれるが、通訳をしないことの方が倍ぐらい多い。

「ほら、泡をこうやってスプーンで持ち上げても、形がくずれないでしょう。これぐらいになるまで、しっかりと泡立てる。これがメレンゲ」

アンナの説明を純也が通訳し、日乃出はそれを聞き、動きを見ながら、帳面に書きとめた。

どう考えても、純也が持って来た作り方とは違うようだ。不安になって、純也の顔を見たが、純也はアンナと会話をするのに一生懸命で日乃出の視線に気づかない。

「全部を混ぜ合わせて匙で落とし、天火で焼けばできあがり」

菓子が焼けるのを待つ間、アンナはお茶の用意をはじめた。

「純也が本から写してきた紙には、足がどうとかって書いてあったでしょう。あれは、どういうことなのか聞いてよ」

純也があらためて「足」についてたずねた。

「足？　何のことかしら。知らないわ」

アンナはそっけない。やがて、部屋中に甘い香りが漂い、アンナは天火から菓子を取り出した。

「まぁ、すばらしくよくできたわ。これがナンシーの名物菓子よ。さぁ、召し上がれ」

日乃出は目を疑った。

アンナの菓子は平べったくて、表面がひび割れていた。しかも茶色い。

「でも、このひび割れがナンシーの菓子の特徴なのよ」

日乃出たちが求めているのは、外はさくっとして中はしっとりした菓子だ。そう説明すると、アンナは急に不機嫌になった。

「だって、あなたたちはナンシーの菓子を教えてほしいと言ったじゃないの。あなた方が言っているのは、パリのお菓子でしょう。全然、作り方が違うわ」

「すみません」

ナンシーの焼き菓子はおいしかった。日本でいえば、団子とかおはぎにあたるのではないだろうか。カリカリと香ばしく、素朴な家庭の味がした。

だが、日乃出の求めている物とは違う。記憶の中の薄紅とは似ていない。

「だけどさ、日乃出。これだって悪くないわよ。黄身しぐれだって、ひび割れが入っているし」

純也が耳元でささやく。

だが、それにしてもナンシーの焼き菓子は素朴すぎる。これでは金が取れない。薄紅は表面がすべすべとして丸く、かわいらしい形だから価値があるのだ。

「どこかにパリのお菓子の作り方を知っている人はいないでしょうか」

「あなたはナンシーのお菓子が気に入らないの。おいしい、おいしいって食べたじゃないの」

「そういうことではなくて」

「パリのお菓子は贅沢すぎて、あなたたちのような若い人にはよくないわ。神に感謝するということを学ばなくてはだめよ」

「はぁ」

話がまったく嚙みあわない。

日乃出と純也はアンナの親切に感謝して、家を出た。

山下町まで下って来たとき、純也がぽつりと言った。

「ごめんね。アンナに聞いたのは失敗だった」

「いいよ。仕方ない」

桜餅だって関東と関西では違うのだ。フランスだってパリとナンシーでは、違うお菓子になるのだろう。

土産に持ち帰ったナンシーの菓子を見た勝次の第一声は「愛想のない菓子だなぁ。外国の煎餅みたいなものか」だった。

「だけど、味は悪くない。時間もないことだし、これを工夫して売り出すことは出来ないか。花吹雪饅頭だって最初は失敗だと思ったけど、うまくいったじゃないか」

善次郎との約束の五月末まで、あとわずか。いつまでも仁兵衛の薄紅に固執《こしつ》していても先に進めない。たとえ七、八割の完成度でもなんとか形にまとめて、菓子として売り出したい。そうでないと、本当に間に合わなくなってしまう。

勝次と純也、日乃出の三人で相談し、もう少し小さく焼き上げることにした。薄紅に染めることはできないから、色は薄茶色のまま。名前は鈴《すず》の音《ね》と変えようということになった。

すぐに三人で試作に取り掛かった。アンナがていねいに教えてくれたので、何度か試してみると、上手に焼けるようになった。天火がないので、厚手の鍋に入れて蓋をして蓋の上にも炭をおいた。最初、卵白の泡立てがうまくいかなかったが、それも茶道で使う茶筅《ちゃせん》を利用すると上手にできるようになった。

薄茶色のひび割れの入った、平べったい焼き菓子は、見慣れたせいか、それなりにかわいらしい。食べてみると味も悪くない。それどころか、こくがあっておいしい。牛の乳から作った脂が苦手という日本人は多い。その点、巴旦杏の油分は香りもやわらかだし、あっさりしている。

純也も勝次も大丈夫、大丈夫と言ってくれる。

「本当に大丈夫かなぁ」

日乃出はまだ不安があった。

薄紅の魅力のひとつは、その姿の愛らしさだ。若い娘がかわいらしいと愛《め》で、茶人は主菓子になる風格だと言う。

表面は陶器のようになめらかで、外はさくっとして中はしっとりとやわらかい。

今の鈴の音にそれだけの魅力があるか。力があるか。

橘仁兵衛なら、この菓子を橘屋の看板菓子にしたいと思うだろうか。

いや、それよりなにより、横浜の人々はこの菓子を喜んでくれるだろうか。

「日乃出、決断だよ。いつまで考えても進まない」

純也が言った。

「俺はいいと思う。売り出してみようじゃないか」

勝次も続けた。

「分かった。これで行ってみよう」

売るのは吉原の遊郭からだ。見本の用意をはじめた。三河屋の定吉に事情を話すと、桐の箱に入れ、上等の掛け紙と紅白の水引をかけろと言った。

「中途半端な値はだめだ。思い切って高い値をつけろ。値段が高いと、ありがたく見えるもんなんだ。このひび割れも文句をつけられたら、侘《わ》び寂《さび》の境地だと言ってやりな。うちも材料は最高の物を用意するから。巴旦杏は乾煎《からい》りして、ひとつひとつ手で皮をむいてあたり鉢であたれば、うっとりするぐらい、いい香りがするぞ。砂糖も唐物だ。そういうものを惜しみなく使って……。そうだな。二十個入れて一箱一両でどうだ」

一両と言えば、長屋の家賃のひと月分だ。庶民には目が飛び出るほどの値段だが、一日五百両、千両が動くといわれる吉原ならば話が違う。

夜遅くまでかかって見本を十箱作った。

桐箱に並んだ鈴の音は、京下りの風雅な菓子にも見えたし、南蛮渡来のめずらしい献上品のようにも思えた。まずまずの仕上がりである。

まず、鷗輝楼のお利玖に見せた。

「ほう。これが橘屋秘蔵の薄紅かい。たしかに見たことのない菓子だねぇ」

「浜風屋の工夫を加えましたので、鈴の音とつけました。最高級の素材で作った、天下に類のない菓子でございます」

勝次が口上を述べた。

「一箱一両。これまた、思い切った値をつけたもんだ」

そう文句を言いながら、一つ口にすると満足げに微笑んだ。納得した印であろう。すぐに二十箱の注文をくれた。明日の朝に欲しいという。ほかの店からも注文を受けたのでしめて三十箱。この日だけで三十両の売り上げである。

この調子で注文が入れば、鈴の音だけで悠々と百両を集めることができる。もう掛け軸は手に入ったも同然だ。

日乃出は有頂天になってしまった。

「おい。そんなに浮かれていいのか。鷗輝楼は善次郎の店だぞ」

勝次が言った。

「だけど、三十両の注文をもらったんだよ。まさか、これで終わりってことはないでしょう。この調子なら、月末には百両が手に入る」

日乃出は明るく応えた。

「まさか、金をくれないってことはないだろうな」

勝次はまだ、心配している。

「鷗輝楼に限って、そんなことはないよ。今まで払いが遅れたことなんか、一度もないもの」

純也が応えた。

「それより、明日までに三十箱を作らなくっちゃ。全部で六百個。忙しいよ」

日乃出は二人の先に立って、ずんずんと歩いた。

浜風屋に戻ると、すぐさま準備に取り掛かった。三河屋に巴旦杏と砂糖と卵の注文を出した。

午後遅く、すべての材料がそろって鈴の音作りに取り掛かった。

日乃出が材料を計り、勝次が泡立て、純也が蜜を作る。泡立ては力仕事なので、さすがの勝次もくたびれてくる。日乃出が代わり、純也が代わり、三人でたねを作り、焼いた。夕餉の時間になっても、まだ半分も終わっていなかった。

「どうだい。ちゃんと、進んでいるかい」

お豊が顔を出した。

「はい。なんとか」

「そろそろ、休憩にした方がいいんじゃないのかい。差し入れを持って来てやったよ。手の空いた時に食べておくれ」

お豊の後ろには、お光が握り飯とみそ汁の入った鍋を持って立っていた。

「きゃあ、うれしい」

純也がさっそく握り飯にかぶりつき、みそ汁に手をのばす。

「ああ、おいしい。このみそ汁、あたしが今まで生きてきた中で一番よ。ほら、勝さんも日乃出も熱いうちに。おいで」

日乃出は朝ご飯を食べたきり、何も食べていないことに気がついた。すき腹に温かいみそ汁がしみた。熱い茶を飲んで「さぁ、もう一息」。

立ち上がったとき、この風景は前にも見たことがあると思った。場所は橘屋の仕事場で、こんな風に職人たちが忙しそうに立ち働いている。暮れも盆も彼岸《ひがん》の前も、橘屋の仕事場はいつも仕事が詰まっていたのだが、一年に一度、特別な日があった。

それは嘉祥《かじょう》の儀《ぎ》の前の晩だ。

嘉祥の儀というのは室町時代から続く行事で、毎年六月十五日に菓子を食べると一年を無病息災で過ごせるといういわれだ。だから、江戸の町では上は将軍から下は長屋の人々まで菓子を食べる。江戸城にはお目見え以上という身分の高い武士が集められ、将軍が菓子をくださるのである。武士の数は何千人にもなり、その一人一人に五種とか七種の菓子が与えられるのだから、菓子の数は何万個にもなる。

その菓子を用意するのは、将軍家にお出入りを許された老舗名店だ。何千とある江戸の菓子屋の中で、選ばれた数軒だけである。橘屋はその一軒に入っていた。何日も前から準備をすすめて、いよいよ明日が嘉祥の儀であるという日は徹夜になる。職人たちの先頭に立つのは父の仁兵衛だ。

女たちは総出で夜食をつくる。母の妙が指揮をして日乃出も女中たちといっしょに握り飯をつくる。にんじんやごぼうの入った汁と簡単な煮物、漬け物を用意する。職人たちは手の空いたときにやって来て、ぱぱっと口にほうりこみ、また持ち場にもどる。そうやって朝まで働くのだ。

職人たちは余分な口をきかない。ただひたすら目の前の仕事に集中し、手を動かす。作業場にはかまどの火が燃える音や短く指示する声だけが響く。仕事場の空気はぴんと張りつめている。

俺たちは江戸一番の菓子職人だ。

橘屋を支えているのは自分たち職人なのだ。

今年もどこにも負けない立派な菓子を作って将軍を喜ばせたい。さすがに江戸の菓子は違うと、日本中からやって来た大名や旗本たちをうならせたい。

そんな職人たちの意気込みが静かに、けれど熱い炎のように湧きおこって、たがいに共鳴しあい、ぐわんぐわんと仕事場中に鳴り響いているような気がした……。

そうだ。今、この浜風屋の作業場には、あの日の橘屋と同じ空気が流れている。

みんながまだ知らない。誰もがおいしいと思う菓子を作る。

鈴の音で、横浜に浜風屋ありと知らしめるのだ。

日乃出はわくわくしてきた。体中に力がみなぎってくるのを感じた。

ふっと勝次の視線を感じて、振り向いた。勝次は眉根を寄せて、何か考えている風だった。

「どうしたの」

「いや、俺の考え過ぎかなぁ。なんだか、話がうますぎると思ってさ」

一瞬、不安が頭をよぎった。だが日乃出はすぐ、その思いを打ち消した。

なにしろ三十両なのだ。

その金があれば掛け軸に手が届く。

「考え過ぎだよ。それにもう、注文を受けてしまったんだ。期日までに品物を届けるのが菓子屋の仕事だよ」

「そうだな。うん、確かに日乃出の言う通りだ。今になってあれこれ考えても仕方ない。妙なことを言って悪かったな」

「考えたって仕方ないことは考えないこと。どっちみち、明日の朝になれば分かるんだから」

純也が言った。

三人はまた仕事に戻った。勝次を見ると、今までと変わらない様子で作業をしている。その姿に日乃出は安心して、自分も仕事に集中した。

よく朝、出来上がった鈴の音を、三人で鷗輝楼に運ぶと、お利玖が難しい顔をして出てきた。昨日とは様子が違う。何を言われるのだろう。日乃出は胸の鼓動が速くなった。

「浜風屋さん、この菓子はまだ東京にもない。浜風屋だけで作っている、新しい菓子だって言ったよね」

「はい。たしかに申しました」

勝次が落ち着いて応える。

「ごらん。今さっき、東京から届いた菓子だ。おとついから売り出して、日本橋じゃあ、瓦版が出るほどの人気だそうだ」

お利玖は大きな桐箱を取り出した。中には鮮やかな紅色の菓子が入っている。箱には「茜雲《あかねぐも》　日本橋白柏屋謹製」と焼き印が押してあった。

白柏屋は番頭の己之吉がはじめた店だ。菓銘は茜雲。薄紅を完成させたのだろうか。

日乃出はかっと全身が熱くなった。体を乗り出して、菓子に見入った。だが、薄紅とは少し違うようだ。白柏屋もまだ薄紅を作れていないのだ。

ほっとして小さく息を吐いた。

だが、目をあげると、お利玖が冷たい眼差しで見ていた。

「今は浜風屋の鈴の音と白柏屋の茜雲のことを言っているんだよ。二つとも丸い焼き菓子というところはよく似ている。だけど、白柏屋の方が色はきれいだし、甘くておいしい。いいから、食べてごらんよ」

日乃出はおそるおそる茜雲に手をのばした。

以前、純也がもらってきたムラングだった。卵白の白さを生かして焼き上げ、紅色の蜜を表面に塗っている。

大きさは茜雲の方が一回り大きい。しかも値段が安い。紅の色が濃いので、ぱっと人目をひく華やかさがある。蜜の甘さもほどよい。

もちろん薄紅とは違う。だが新しい、めずらしい、おいしい菓子になっていた。茜雲と鈴の音の二つを並べて、どちらを選ぶかと言われたら、茜雲の方がいいという人は多いだろう。

「日乃出だったらどっちに軍配をあげるかい」

意地の悪い様子でお利玖がたずねた。答えるまでもない。負けた。完敗だ。日乃出は悔しさに唇を噛んだ。

白柏屋には橘屋で経験を積んだ職人がたくさん働いているのだ。仁兵衛の残した本も書付けもある。その気になれば、これぐらいの物はできるはずだ。

お利玖が馬鹿にしたように鼻を鳴らした。

「まったく、あんたたちにすっかり騙《だま》されるところだったよ。この鈴の音は引き取っておくれ。こっちは白柏屋に注文を出したから。もうそろそろ、届く頃だ」

日乃出は息をのんだ。隣の純也は体を固くした。勝次だけが冷静だった。

「今さら、そのようなことをおっしゃられても、お約束はお約束ですから」

「なんだい。どの口でそんなセリフを吐くのかい」

突然、お利玖が表情を変えた。紅を塗った唇をとがらせ、光る眼でこちらを睨みつけている。

「こっちは大恥をかくところだったんだよ。金が欲しいのはこっちの方さ」

その剣幕に日乃出は震え上がった。申し訳ありませんと、畳に頭をすりつけた。純也も続く。勝次だけは姿勢をくずさず前を見ていた。


結局、品物は引き取った。鷗輝楼が断りをいれたとなれば、他の店も右へならえで注文の取り消しがあいついだ。

三十両がぱあになった。三河屋への巴旦杏粉や卵の支払いをどうしよう。

浜風屋に戻ると、日乃出はくずれるように座り込んでしまった。体の疲れよりも、心の疲れの方が大きい。気持ちが折れてしまいそうだった。

「鷗輝楼にはやられちゃったね」

純也も疲れ切った様子で言った。

「向こうはとっくに白柏屋の茜雲のことを知っていたんだよ。知っていて、注文を出したんだ。いったん喜ばせてから突き落とす。あいつらのいつもの手口だ」

善次郎は百両をかけた勝負などと言ったが、最初から日乃出に掛け軸を渡すつもりなどない。最初はいい店があると言って、さびれた浜風屋を紹介した。それが勝次や純也と頑張って、なんとか店が上向きになってきたと思ったら、露草の事件だ。それも乗り越えて、鈴の音を完成させたと思った途端、叩き潰す。

「まったく意地が悪いったらないよ。見ててご覧。しばらくしたら常磐町《ときわちょう》あたりに、白柏屋の大きな店ができるから。東京で一番の店の新しい菓子でございって、のぼりが立つよ」

純也が言った。それを聞くと日乃出も、本当に白柏屋の店が出来そうな気がしてきた。善次郎のことだ。すでに店の手配をしているかもしれない。

焦る気持ちはいっそう強くなった。

壁の暦《こよみ》をめくって日を数えた。五月末の約束の日までもう半月ほどしかない。

そんな短い期間で何ができるか。

今まで、お焼きや紅白饅頭を作って貯めた金は五十両。鈴の音を作るために教えを乞うたり、材料を買ったりしたから四十五、六両。三十箱を作るために三河屋から仕入れた材料代を払ったら、さらに少なくなる。これから半月で、どうやって残りの六十両を集めるのだ。

日乃出は床を蹴った。

「地面にあたるな。まぁ、これでも飲んで気を取りなおそう」

勝次が椀を差し出した。甘い香りが立ち上っている。

「善哉《ぜんざい》だよ。餡が少し残っていたから、焼いた餅を入れた」

「どうして、そんな風に落ち着いていられるんですか」

日乃出が突っかかった。

「まぁ、そうカリカリするな。とにかく食べろ。そんなこともあるかなと、半分くらいは思っていたんだ」

「だったら止めてくれればよかったのに」

純也が言った。

「そうはいかない。本当の勝負になる前に、向こうの手の内を見ておきたかった」

香りに誘われて一口食べると、腹が鳴った。そういえば、朝からほとんど何も食べていない。

「こっちにだって収穫があったぞ。白柏屋が作って来たのは茜雲。薄紅じゃない。己之吉達もまだ薄紅は作れていないんだ。日乃出のおとっつぁんの部屋にあった本や書付けを残らず持って行ったけど、作り方は見つからなかったってことさ。薄紅の製法はひみつのままだ。他人の手には渡っていない」

そうだ。勝次の言うとおりだ。

日乃出は落ち着きを取り戻した。

「一体、どこにあるのかしら、薄紅の作り方」

純也がつぶやいた。

「日乃出にしか分からない場所じゃないのかな。思い当たるところはないのか」

考えたが、すぐには浮かばない。善哉を口に運ぶと、甘さが体にしみこんだ。ささくれだった気持ちがやわらいでいく。

「なんだか少し元気が出た」

「善哉、善きかなっていうだろう」

善哉というのは仏教の言葉で、もっともうれしいことを表すのだそうだ。

一説によると名付け親は、とんちで有名な一休禅師という。ある冬の寒い日、托鉢に訪れた一休に一軒の農家が餅を入れた小豆の汁を差し上げた。一休は「善哉この汁」と大変に喜び、それ以降、善哉という名になった。

「大丈夫だ。日乃出のおとっつぁんはちゃんと空の上から日乃出を見守っている」

勝次が言った。

約束の日まで、まだ半月ある。

挽回の機会はいくらでもある。

大丈夫、大丈夫。

日乃出は自分に言い聞かせた。

九、氷菓子、カモメにたずねる空模様

朝起きて日の光を浴びたら、突然、ある考えが浮かんだ。浜風屋に行って純也に伝えると、純也の目がまん丸になった。

「もう一度言って。あんた、今度は何を作ろうって言うのよ」

「アイスクリンだよ。氷の菓子。教会のアンナさんのところで食べた菓子」

「だって、作ったことないでしょう。第一、氷はどうするのさ」

日本に氷を使った冷たい菓子がなかったわけではない。平安時代に書かれた清《せい》少納言《しょうなごん》の『枕草紙《まくらのそうし》』には『あてなるもの。新しきかなまりの器に削り氷を入れて、あまずらの汁をかけたるもの』という一節がある。

氷室に保存していた氷をけずって、新しい金属製の器に入れて、甘い汁をかけたものが、めずらしく、美しいということだ。それ以後、かき氷の類は物語にほとんど登場していない。

氷は四月の一日から九月の末まで宮中に献じられ、その番人が氷室守《ひむろもり》と呼ばれる。夏の氷を商品として自由に売り買いするという発想はあまりなかったのかもしれない。

幕末、日本にやって来た西洋人たちは仕方なく、アメリカのボストンから氷を輸入した。これが世にいうボストン氷だ。大西洋を越え、アフリカ喜望峰《きぼうほう》を経て、インド洋を渡って日本に着くのにまぁ半年はかかる。赤道を二回も越えるのだ。最初は大きかった氷も次第にやせ細り、日本に着いた頃には両手で持ち上げられるほどの塊になっている。それが三両。

アイスクリンについては万延元年、遣米使節団の一員が書き残している。一行、七十七人はアメリカの軍艦に乗って海を渡り、サンフランシスコに到着する。サンフランシスコから首都ワシントンに向かう途中でアイスクリンを食べた。

使節団の一人、柳川当清《やながわとうせい》という人はこう書き残している。

『又珍しきものあり。氷をいろいろに染め、物の形をつくり、是を出す。味は至って甘く、口中に入ると忽《たちま》ち解けて、誠に美味なり』

冷たさ、おいしさに驚き、感激した様子が伝わってくるようだ。

「そりゃあ、アイスクリンを作れば話題にはなるだろうけどさぁ。今、やることなの？　あんたのおやじ様は薄紅の作り方をどこかに隠してあるはずだから、それを探すのが先なんじゃないの？」

純也が言った。

「それも考えた。だけど店にあった本も文も己之吉の手に渡っている。それ以外にどこを探したらいいというの？」

「おやじ様の知り合いとか、知人とか。会津のお侍さんはどうなのよ」

「篠塚裕輔という人でしょう。じつは、三河屋のお豊さんに頼んであちこち聞いてもらっているけれど、なかなか手がかりが摑めないのよ」

「そうかぁ」

「何だ。二人で何を騒いでいるんだ」

二階から勝次が降りてきた。日乃出は自分の考えを伝えた。

「今まで、吉原で菓子を売るのが早道だと思っていた。吉原で一番の店と言えば鷗輝楼だから、私たちは危ういと思っても鷗輝楼に行かなくてはならなかった。もう、その考えを止めようと思うんだ。昔、橘屋ではお朔日《ついたち》菓子といって、毎月一日に限って特製のお餅や団子を売って、とても人気だった」

「なるほど。みんなが欲しくなるような菓子を作って、それで百両を稼ごうというのか。その菓子がアイスクリンという訳だな。たしかに、まだアイスクリンを売っている店はないな。話題になるか」

勝次がうなずいた。

「これから暑くなる時だし、悪くはないな。だが、博打《ばくち》だな」

勝次が言った。

氷菓子だ。溶けてしまえば、元も子もない。

「いずれにしろ、ずっとは売れない。大きな氷を買ってそれがなくなったらおしまい。短い間に商売をするんだ」

アイスクリンの作り方そのものは単純だ。氷に塩を加えると、温度がぐっと下がる。この原理を利用して、塩をまぶした氷で金属の器を冷やしながら、器の中の牛乳や果物の汁、砂糖をかき混ぜ、空気を含ませながら冷やし固めるのだ。

牛乳なら、横浜の洲干《しゅうかん》の弁財天の近くに牧場ができて牛乳を売り出している。オランダいちごや夏みかんなどの西洋の果物は吉田新田で作っている。

だが、問題は氷だ。

「あんたボストン氷がいくらすると思っているのよ」

純也が言った。

「仮にボストン氷を買ったとして、三両の氷でアイスクリンがどれくらい作れるんだろう」

勝次が首を傾げた。

たかが菓子である。べらぼうな値段はつけられない。高ければ客は来ないし、安すぎれば氷の代金が出ない。三人揃って腕組みして考え込んでしまった。

その時、板戸が開き、三河屋の定吉が顔を出した。

「悪いね。外で話を聞いちまった。あんたたち、今度はアイスクリンとやらを売りだそうってぇつもりかい。こっちにも、その話、のらせてくれ」

「それは、ありがたいことですけど。いいんですかい。善次郎に弓を引くことになりませんかねぇ」

勝次が心配そうな顔をした。

「うん。まぁな」

定吉は顔をしかめ、大きくため息をついた。

「気にならないと言ったら嘘になるさ。こっちにしたら大恩人だし、敵に回したら恐ろしいってのも本当だ。だけどさ、浜風屋の大家としちゃあ、腑に落ちないこともあるんだよ。だってそうだろう。善次郎さんにしたら、浜風屋なんて獅子にはむかう鼠みたいなもんだろう。日乃出だけじゃなくて、勝次まで巻き込んでさ。なんでこんな手の込んだいたぶり方をするんだ。日乃出がそれほど憎いのかって思わねえか」

窮鼠《きゅうそ》猫を噛むという諺《ことわざ》はあるが、獅子というのは聞いたことがない。日乃出たちは必死に知恵を絞ってきたが、定吉から見たらもともと勝負にならない相手ということか。

「そうとは言ってないさ。アイスクリンは面白い。ひょっとしたら、ひょっとするかもしれないよ。約束の日まで後、何日あるんだ」

「十五日です」

日乃出は応えた。

「ちょうど今日、函館《はこだて》の中川嘉兵衛《なかがわかへえ》という男の使いが来たんだ。中川は氷を作っていて、東京と横浜で売り出したいそうだ。最初だからね、値段はボストン氷の七割にすると言った。悪い話じゃないだろう。氷を買う金は貸してやる。どうだ。やってみるか」

「やります。やらせてください」

日乃出は頭を下げた。

「まぁ、善次郎さんの手前もあるから、あたしが肩入れしていることを世間の人には黙っていてもらえるとありがたいな」

定吉はにやりと笑った。

すぐさま、函館の中川商店に氷の注文を出した。氷が届くのは一番早くて五月二十五日。この年旧暦五月は二十九日までしかないから、売れるのは二十六日、二十七日、二十八日の三日間。二十九日には百両を持って善次郎の屋敷に行く。

純也は関内の古道具屋でアイスクリン製造機を見つけてきた。上海から来た船に載っていたもので、何に使うか分からないので店の奥で埃をかぶっていたという。

金属製の筒が二重になっていて外側に取っ手がついている。内側の筒に牛乳や果物、砂糖を入れて取っ手を回すと、中の筒がくるくると回るという仕掛けだ。氷を入れた桶に筒を差し込んで使うのだろう。

日乃出は勝次といっしょに、大枚三両をはたいて関内の店から氷を買って来た。氷は手桶ひとつに入るぐらいの大きさで、油紙《あぶらがみ》に包んで大切に運んで来たが、歩いている間にぽたぽたと水滴が垂れた。この水一滴がいくらになるかと考えると、心の臓が痛くなる。

買って来たばかりの氷を砕いて木桶に入れて塩をふる。アイスクリン製造機の筒の中に牛乳と砂糖を入れ、木桶の氷に突き刺した。取っ手を動かすと、最初はくるくると軽やかに回った。やがて少しずつ取っ手に重さがかかるようになる。そろそろいい頃だと取り出してみると、春の薄氷のようなシャリシャリとした氷菓が出来上がっていた。小鉢に入れると、小さな氷の粒が光を受けてきらきらと光った。

三河屋の定吉やお豊、お光も呼んで、みんなで食べてみた。

「へぇ、これがアイスクリンってもんか」

定吉はそう言うと、箸でつまんで口に運んだ。

「ひゃあ、冷たい。歯にしみる」

大げさに顔をしかめた。お豊もどれどれと手を伸ばした。口に入れた途端、笑顔になった。

「これが西洋の菓子かい。驚いたねぇ、こんなおいしい氷菓子をはじめて食べたよ。いやぁ、めずらしいもんだ」

それを聞いてお光、勝次、純也、日乃出も口に運ぶ。冷たいとか、甘いとか、口ぐちに言って騒いだ。小鉢に入れたアイスクリンはたちまちそれぞれのお腹に消えた。純也は器に少し残った甘い汁を名残惜《なごりお》しそうに眺めている。お光はうっとりと目を閉じて、余韻を楽しんでいた。

「この菓子は横浜そのものって感じがするね」

お豊が言った。

「そりゃあ、どういう意味だ」

定吉がたずねた。

「だからさ。横浜ってどういう所かって聞かれたときには、いろいろ口で説明するより、この菓子を食べてもらえばいいんだよ。西洋の香りがしてさ、思いもよらない新しくてめずらしい、面白い、楽しいものがある所なんだって分かるわけさ」

「なるほどなぁ。じゃあ、アイスクリンは横浜名物になるって訳かい。そういう菓子を横浜ではじめて売ろうっていうお前さんたちは、すごい訳だな。よし分かった。馬車道の店先を貸してやるから、あそこで売りな。関内は新し物好きの集まる場所だ。日本で最初。横浜でしか食べられない。そう言って売り込むんだ」

「蔵の方も貸してあげたらいいじゃないか。蔵の中はひんやりしているから、氷が長持ちする。蔵でアイスクリンを作って、店の外で売ればいいよ」

「そうだな。そうすればいい」

定吉が請け合った。アイスクリン製造機も一つでは間に合わないので、金物屋に同じようなものを作ってもらうよう頼むことにした。

氷がまだ残っていたので、みんなで交代でアイスクリンを作って食べた。赤いオランダいちごの汁を加えると、甘酸っぱくて、さっぱりとしたアイスクリンになったので、これも売ることにする。

注文した氷は十五貫、約五十六キロ。運ぶ間に三割ほど溶けたとして約四十キロはあるだろう。アイスクリンは牛乳と砂糖味と、オランダいちごの汁を加えた、赤くて甘酸っぱい味の二種類。これを三日間で売り、氷がなくなったら店じまい。

「値段をどうしようか」

日乃出が言った。

「一杯一両って訳にはいかないものね」

純也がつぶやいた。そんな値段が通用するのは吉原だけだ。

「自分で買うんなら牛乳味が四十文、オランダいちごの方が五十文ってとこだな」

定吉が言った。一膳めし屋の食事が二十文。その倍の値ということになる。珍しいといっても菓子である。相当に思い切った値段だ。純也がそろばんをはじいた。

「金一両で銭四千文。一日五百杯売って三日で十五両。横で饅頭や菓子を売って五両。合わせて二十両。なんだよ。予定の半分にも満たないじゃないのさ」

純也が切ない声をあげた。

「大丈夫だよ。こういうものは店で売るばっかりじゃないんだ」

定吉が言った。

「いいか。評判になれば、宴会に使いたいとか大口の客が来る。そしたら、これはお披露目ですからご予定をうかがいますと言って内金をもらえばいい。うちの店に卸《おろ》してくれとか、一緒に店をやりたいとか言う人も来るだろう。そうしたら、また金をもらえばいい。横浜には新しい儲《もう》け口を探している小金持ちがわんさといるんだ。二十両や三十両はすぐ集まる」

本当にそんな簡単なことなのか。定吉があまりに調子のいいことを言うので心配になった。

そもそも氷はちゃんと届くのか。

お客は集まるのか。

考えれば、不安なことだらけだ。

「考えても仕方がないことは、考えないことだよ」

お豊が言った。

「後は目をつぶって、えいって踏み出すんだ。それしかないよ」

三河屋の三人が帰って、仕事場を片付けていたとき純也がぽつりとつぶやいた。しみじみとした声だった。

「今度こそ、うまくいくといいね」

「そうだね」

日乃出も低い声で応えた。

「みんなはわたし達が善次郎と鷗輝楼に一杯喰わされたと言うけれど、そもそもの間違いは、中途半端な物を売ろうとしたことだと思うんだ。この程度でいいと思ったら、それでおしまい。鈴の音はやっぱり鈴の音だった。白柏屋に負けても仕方がない品物だった」

「へぇ、いっぱしの菓子屋みたいな口をきくじゃないのさ。じゃあアイスクリンはどうさ」

「氷のこととか、心配はあるけれど、品物そのものは悪くないよ」

「そうだね。あたしも、そう思う。きっと大丈夫だよ」

　純也が日乃出の肩をたたいた。


　そろそろ店じまいという時刻だった。西洋人のような青い帽子に青い服、金の指輪をした男がふらりと店に入って来た。

「純也はいるかな。僕、純也の友達の駒太」

　白い歯をみせてにっこりと笑った。日乃出はあたりを見回した。仕事場にいたはずの純也の姿が見えない。駒太に気づいて、さっさと逃げてしまったのだろう。

「あれぇ、さっきまで、そこにいたんですけど」

「そっかぁ。まぁ、いいや。あんたが日乃出っていう子?」

「はい」

　駒太は日乃出の顔をじろりと眺めた。

「鈴の音って菓子の話、聞いたよ。あれはさ、僕の本に書いてあった菓子じゃないの？」

　疑り深そうな目をしている。

「いえ、違います。山手の修道院のアンナさんという人に教えてもらったものです」

　日乃出はあわてて応えた。

「ふうん。そうなの。でも話を聞いたら、僕の持っている本に載っている菓子とそっくりみたいだったよ」

　駒太も食い下がる。

「おや、そうですか。偶然ってあるんですね」

　日乃出は短く応えた。今さら十両よこせといわれても困るのだ。日乃出は目をそらした。

「今度、また、新しい菓子を作るらしいね。聞いているよ。何を作るの」

　駒太は追い打ちをかけてきた。駒太を無視して日乃出は布巾であたりを拭き始めた。

「瓦版とか出さないの」

　突然、駒太がたずねた。

「瓦版、ですか」

　考えていなかった。

「こういう菓子を、いついつ、どこで売りますよって知らせないと、お客さんは集まらないよ。そういうの僕、得意だからやってあげてもいいよ。純也とは友達だしね。よそより、ずっと安くておしゃれな奴作るから」

駒太は急に笑顔を見せて一枚の紙を取り出した。そこには「よろずお知らせ承ります」と書いてあった。

瓦版、張り紙のほか、記事というのがある。新聞に書いてもらうよう手配が出来るらしい。

「みんなと相談しないと分からないので」

日乃出は丁重にお断りしてお引き取り願った。

勝次と純也は瓦版や張り紙は魅力があるが、駒太の人物に問題があり、信用ならないという。

ところが、話を聞いたお豊がやってもらえと言い出した。

「アイスクリンを横浜ではじめて売り出すんだ。みんなはどういう菓子か、まだ知らないんだよ。めずらしいね、おいしそうだね、一度食べてみたいって気持ちにさせなくちゃだめじゃないか。とにかく三日間が勝負なんだから」

言われてみれば、その通りである。張り紙を作ってもらうことに決め、純也と日乃出で駒太の所に行った。アイスクリンを作るというと、駒太は目を丸くした。それはすごい、僕もやりたいと思っていたんだ、仲間に入れてくれと言い出した。どうやら、浜風屋のまわりには儲け話が転がっていると勘違いしたらしい。

今回はとりあえず三日間だけの販売だ。うまくいったら次は大きな仕事にする。その時はまた、相談すると言って格安にしてもらった。

その金額では職人は頼めないからと、駒太は自分で絵を描いて来た。張り紙は畳一畳分ほどもある大きなもので、中央には華やかな衣装を着た芸者が横座りをしていて、手元は扇で隠している。横に特大の字で「五月二十六日、西洋生まれのめずらしい雪菓子。冷たくて甘い天下の美味、本邦初公開」とあった。

駒太の絵はあまり上手ではなかった。だが、大きいのと色が派手なのでよく目立った。馬車道の三河屋の脇に張ると、何事かと人が集まって来て眺めている。純也が吉原あたりを菓子の配達で歩いていると店の女たちが声をかけて来た。

「本邦初って、どんなもんさ」

「この前の鈴の音みたいなことには、ならないんだろうね」

「大丈夫。楽しみにしてくださいよ」

純也は如才なく宣伝して回った。

駒太もあちこちに触れ回っている。自分が浜風屋を指導して作らせているというような話をしているらしいが、とりあえずは目をつぶった。駒太のおかげで横浜で作っている海外新聞、万国新聞が興味を持ち、小さいが記事を書いてくれると約束した。

そんなある日、日乃出が港を通りかかると、知り合いの問屋の番頭が難しい顔をして海を眺めていた。

「ああ、日乃出ちゃんかぁ、困ったねぇ。あんた、どうする」

「何がですか」

「なんだ、聞いてねぇのか。蝦夷《えぞ》地は吹雪だぜ。船は出ねぇよ」

日乃出は空を見上げた。横浜の空は明るく、雲一つない。

「そりゃあ、こっちは晴れだけどさ。あんたたちの氷をのせた船は、今頃、函館の港で嵐が過ぎるのを待っているかもしれねぇぞ」

日乃出はあわてて馬車道の三河屋に行き、定吉を呼んでもらった。

白足袋《しろたび》に絹の着物を着た定吉が足早にやって来た。浜風屋の隣でどてらでくつろいでいる時とは大違いの立派な旦那さんぶりである。

「ああ、そのことか。心配すんな。それに、一日やそこら船が遅れたところで心配ない。客を待たせておけばいいんだ」

そういうとすぐに踵を返し、戻り始めた。日乃出はあわてて大声を出した。

「そんな簡単に言わないでくださいよ。お客さんは待ってくれません。それに氷だって溶けちゃいますよ。アイスクリンを売る日は三日しかないんです。一日遅れたら、二日で売り切らなくちゃならない。せっかくの計画が水に流れてしまう」

「氷だけに、溶けて水になりますってか。うまいことオチをつけたね」

定吉はひょいと振り返って言った。

「冗談を言っている場合じゃないです」

日乃出は必死になった。

「私たちにとっては、もう、これが本当に最後の仕掛けなんです。失敗したら氷のお金だって返せなくなります。大変なことになります」

さすがに定吉も少し真面目な顔になった。

「だけど船が出ねぇんじゃ、しょうがないだろう。こっちであれこれ言ってもはじまらねぇよ。じつはさ。今、小豆の売り買いで大勝負をかけているところなんだ。今から出かけて、その相手と談判するところなんだ。あんた達のことはお豊に任せてあるからさ、お豊に相談してくれ。悪いな」

定吉は足早に去って行ってしまった。日乃出は店先に取り残された。

店先には豆や砂糖、椎茸《しいたけ》、海苔《のり》などの品物が所狭しと並べられていた。豆だけでも小豆に大豆、黒豆、いんげん豆と何種類もあり、さらにそれぞれ産地別、等級別になっている。客がひっきりなしにやって来て、一升、二升と買っていく。店の裏からは大口の客の荷物を積んだ荷車が出て行った。

大きな商売だ。

だが、それも三河屋の仕事の三分の一、四分の一だという。一番大きな商いは小豆や砂糖の売り買いだ。安い時に大量に仕入れて、値が上がったら売りさばく。自分の店で扱うだけでなく、同業者にも売る。

今、大坂で蔵一つ分の小豆が売りに出ているそうだ。先方は急いでいるので現金を積まなくてはならないが、めったに出ない上物でしかも値段はびっくりするほど安い。競争相手もたくさんいるが、定吉はなんとかこれを自分の物にしようとしている。

上等の小豆が蔵一つ分で、いくらぐらいするのだろう。

五百両。いや、千両か。

その定吉から見たら、日乃出たちがアイスクリンを売って手に入れようとしている五十両ほどの金は、わずかなものに見えるに違いない。算盤《そろばん》をはじいてアイスクリンの値を決めていたとき、二十両、三十両ならすぐ出す人がいるなどと定吉は言ったが、あれは自分のことではなかったのか。

定吉の一両、日乃出の一両。同じ金なのに、その重さがまるで違う。ならば善次郎の一両の重さはどれほどなのだろう。

日乃出は以前、白雲閣で最中皮に金を入れたことを思い出した。宴会の席で銭箱何杯もの金を祝儀に撒いたのだ。あの日、一晩で善次郎が遣った金はどれぐらいになるのだろう。着飾って白雲閣にやって来た客たちの馬車や駕籠や衣装のかかりはいかほどだったのだろう。やはり善次郎と浜風屋は獅子と鼠。いや、獅子と蠅《はえ》か。

それにしてもあの晩に費やされた金は、一体どこから出て来たのか。地面から湧いてきたわけではない。商いで得た利益なのだと聞かされた。それが、善次郎の言う経済というものなのか。

大きな商いをして得た、大きな金だがその金には重さがあるのだろうか。手で摑んで、数えることの出来る金なのか。所詮は最中皮に入れて撒くような金なのだ。右から左に動いて、得をした損をしたというだけの物ではないのか。米を買い、豆を買い、日々の暮らしをつむいでいく金ではない。それとはまったく次元の違う、絵空事の世界の話ではないのか。

日乃出は考え込んでしまった。


二日ほどして、函館の中川商店から早馬で連絡があった。船は無事出帆したが、到着予定は一日遅れて二十七日になるそうだ。ということは、二十八日と二十九日の二日間でアイスクリンを売り切らねばならない。

浜風屋に勝次、純也、日乃出は集まって相談した。

「二十六日はどうする。店を出すと告知しているんだ。氷が届かないから、今日は店を開けませんとは言えないだろう」

勝次が言った。

「ボストン氷を買うの。それじゃあ、赤字よ」

純也が叫んだ。

「それでも二十六日は店を開けようよ」

日乃出が応えた。

「商売は信用が第一だもの。二十六日にアイスクリンを楽しみにして来たお客さんを返す訳にはいかない」

「そうだな。ボストン氷を用意するか」

勝次がうなずいた。


五月二十六日は快晴。抜けるような青空が広がっていた。

馬車道の三河屋の店先には赤い毛氈《もうせん》を敷いた即席の茶屋が出来ている。三十人は入れる大きな席で、早朝から日乃出と勝次、純也の三人は蔵の中でアイスクリンを作った。

太陽が高くなると、お客がぼちぼちとやって来た。

「アイスクリン。いかがですか。本邦初の冷たいお菓子」

日乃出が声を張り上げた。

遠巻きにして店の前に立っているが、買おうという客はいない。涼しげな瀬戸の器に入れて木の匙を添えて、見本にした。

「氷で作っているのかい」

「はい。牛の乳と砂糖で味をつけています。おいしいですよ」

「牛の乳かぁ。そりゃあ、だめだ。臭いだろう」

前の方にいた女が顔をしかめた。

「臭くなんかないですよ。もう、ほっぺたが落ちるぐらい。驚きますよ」

値段はいくらだ。オランダいちごとは何だ。あれこれ聞いて来るが、買うという客はいない。アイスクリンは売れない。氷は溶ける。だんだん気持ちが焦ってきた。せっかくボストン氷を用意したのだ。せめて、その値の分だけでも稼ぎたい。

そのうちに雲が出て来て日が陰ってきた。と思ったら雨が降って来た。風も出て、肌寒くなった。

茶屋には小さな屋根があるだけで、雨がまともに吹き込んでいる。芸妓の姿を描いた宣伝用の張り紙は雨に濡れて、絵具が流れてしまった。

アイスクリン、アイスクリンはいかがですかと声をかけても人は振り向きもせず通り過ぎていく。そうして半時ほど立っていると、道具箱を抱えた職人風の一団がこちらに向かって来た。

「聞いたことのある声だと思ったら、なんだ、お焼きを売りに来る姐《ねえ》さんか。今日はなんでぇ」

「外国で流行っている冷たい菓子です。甘くてさわやか。おいしいですよ」

「こんな寒い日に、冷たい菓子なんか、買う奴があるのか」

「そうなんですけど……」

日乃出は残念というように、顔をしかめて甘えた声を出してみた。

「だから、困っているんです」

「しょうがねぇなぁ。あんた、あれだろ。善次郎と賭けをしているんだってな。この菓子売らないと、負けちまうのか」

「ええ。まぁ」

男の顔が赤い。どうやら雨が降って来たので仕事はおしまい。すでに一杯ひっかけて来たらしい。

「それじゃあ、一口のってやってもいいぞ。値段はいくらなんだ」

「牛乳の味が四十文。オランダいちごをのせると五十文」

ひえっと大きくのけぞった。

「それじゃあ、菓子とは言えないなぁ。一膳めし屋でどんぶり飯に酒がつけられらぁ」

それでも聞いた以上は仕方がないと、注文した。瀬戸の器に純也が匙ですくって盛りつける。

ひやあ冷たい、甘い、すっぱいとにぎやかに騒ぐ。その声で人が集まってきて、一人、二人と買ってくれた。

だが、その後はまた静かになった。

午後遅くなって、ようやく雨がやんで雲の間から晴れ間が見えると、ぽつりぽつりとまた少し客が来た。だが相変わらず、少し離れたところで様子を見ている。駒太は一度顔を出したが、思いのほか人気がなかったのでそのままどこかに行ってしまった。定吉は顔すら見せない。例の小豆の売り買いに強烈な競争相手が現れて、アイスクリンどころではないそうだ。

結局、その日、売れたのは十人分にも満たない。残ったアイスクリンを日乃出達で食べた。

「こんなにおいしいのにね。世間の人は何を考えているんだろう」

純也が言った。日乃出も同感だった。一日、表に立って客を呼んで疲れたのどにひんやりとしたアイスクリンは気持ちがいい。勝次は口を引き結んで何もしゃべらない。

店を閉める頃、港に船が入ったという連絡があった。氷は明日の朝、届けられるそうだ。残ったわずかな氷をわらで包み、三河屋を出た。

「さすがに今日は疲れたよ。そばでも食べて帰るか。浜風屋に戻っても食べる物は何もない」

勝次が言った。

「そうだね。私も疲れた。朝からずっと働き通しだったものね」

日乃出の声もかすれている。

「悪いけど、先に帰ってて。あたし、ちょっと行くところがある」

純也はどこかに消えて行った。

翌朝早く、函館からの氷が届いた。

三河屋の蔵に運び込まれた氷は十貫、四十キロを少し割るほどの重さだ。何重にもむしろをかけた塊は、大岩のような大きさである。むしろをめくると、透明な固い氷が姿を現した。お城の石垣にでも積みたいような立派さだ。だが石ではなく、氷である証拠に白い霧がもうもうと上り、したたり落ちた水が土間を黒くぬらした。

それは横浜あたりの池に張る氷とはまるで別物だった。これほどの大きな氷を作るには、一体何日かかるのだろう。函館では熱い湯がたちまち氷になるという噂もホラではなかったのだ。

だが、せっかくの氷もアイスクリンが売れなければ無駄になる。また、じわじわと不安が湧きあがって来た。

日乃出は雨で絵具が流れてしまった張り紙の代わりに、文字だけの張り紙を作った。

「本邦初の甘くて冷たい雪菓子。アイスクリン。二十七日、二十八日」

大きな文字は遠くからもよく見えた。昨日よりは客も多い。少しずつ売れている。

だが、このままでは昨日と同じだ。じりじりとした焦りが浮かんできた。

流れが変わったのは、昼過ぎだ。

漆塗《うるし》りの駕籠が連なってやって来た。中からは河原崎音助《かわらさきおとすけ》、中林笑也《なかばやししょうや》、市村彦次郎《いちむらひこじろう》……。いずれも下田座の人気役者だ。下田座の今日の演目は『白波五人男』で役者たちは華やかな舞台衣装そのままで来ている。たちまち人だかりができた。

弁天小僧菊之助《きくのすけ》に扮した河原崎音助は、からりと傘を広げてさしかけると、芝居がかった様子で見得《みえ》をきった。

「月の白砂、横浜に、さてもめずらしき菓子あれと、噂聞きつけ参上す。北海の氷より生まれたアイスクリンなるこの菓子を賞味いたすと参ろうか」

日本駄右衛門《にっぽんだえもん》、忠信利平《ただのぶりへい》と、それぞれが役柄そのままに短い口上を述べると、大きな拍手が湧いた。人の輪はさらに大きくなった。

赤い毛氈を敷いた茶店の席に腰をおろすと、純也がしずしずと現れ、それぞれの前にアイスクリンをおいた。用意してあった瀬戸の器ではなく、銀の器に銀の匙をつけている。

役者たちはゆったりとアイスクリンを食べ始めた。五月の日射しを浴びて銀の器がきらりと光る。役者たちの指には銀の匙。アイスクリンを食べる姿は美しく、格好よかった。役者たちはひと口食べるごとに驚いたり、感心したり、うっとりと目を閉じたりした。

「まっこと新しき世の、新しき美味であるなぁ」

日本駄右衛門に扮した中林笑也が嘆息した。それは用意された台詞ではなく、本心からのものと思われた。

「ほう」と人々の間からどよめきが生まれた。今、横浜で一番新しいのがアイスクリン。粋な人、お洒落な人はアイスクリンを食べる。アイスクリンを知らなきゃ世の中においていかれる。みんながそう思った一瞬だった。

役者たちはアイスクリンを食べ終わると、また駕籠で帰っていった。それを見送った人々が次々とアイスクリンを注文した。

「ねぇ、純也、これはどういうことなの」

日乃出は店の裏手にいる純也にたずねた。

「昔、芝居小屋で働いていた時があったっていったでしょう。その頃、一緒に遊んでいたのが音助。立派な役者になっちゃってさ。昨日、楽屋に行って食べに来てよって頼んだの」

日乃出が注文を受け、器を運び、勝次と純也が蔵の中でアイスクリンを作った。人手が足りなくなってお光が加わり、さらに三河屋から手代が二人応援に来てくれた。それまでの遅れを取り戻すように日乃出達はアイスクリンを作り、売った。夕刻になっても客は途絶えず、人の顔が見えなくなるほどになってようやく店を閉めた。

三河屋の奥の間を借りて、金の計算をした。

「どれだけ、売れたの」

日乃出がたずねた。

「五百杯」

勝次が応えた。

「ひゃぁ。頑張ったわねぇ」

お光が言った。

「明日も、これぐらい売れるといいね」

日乃出が言うと、みんながうなずいた。


翌朝は店を開ける前から行列が出来ていた。

「今日でおしまいかい。明日は、もう売らないのかい」

何人もの客に聞かれた。

いくつかの料亭や旅館からアイスクリンの予約注文も入っていた。定吉に言われた通り、前金をいただいて注文を受けた。

三日限りの開店になったのは氷の手配がつかなかったからだが、これが功を奏したことになったようだ。日を限ったことが良いとしたら、商売とは面白いものだ。日乃出は不思議な気持ちになった。

茶店の脇に親子連れがいることに気づいたのは、昼少し前だった。若い母親と四歳くらいの男の子で、二人とも質素な身なりだったがどこか品の良さが感じられた。

「母上、アイスクリンというのは、いつか父上が話してくださった外国の菓子ではありませんか」

子供の言葉が耳に入った。武士の家柄だったのだろう。丁寧な言葉遣いだった。母親は困ったような顔をしていた。この親子にとって四十文は安い金額ではないのだろう。

子供もそれが分かっているに違いない。食べたいとは言わなかった。

「仁吉。参りましょう」

日乃出ははっとした。

仁吉。確かに、仁吉と聞こえた。

父の手紙にあった名前だ。

二人の姿を目で追うと、後ろ姿が人ごみの中に紛《まぎ》れていくところだった。あわてて追いかけて声をかけた。

「すみません。突然失礼致します。もしや、篠塚様、篠塚きさ様ではありませんか」

母親が一瞬、驚いたように振り向いた。

やはり、そうだ。間違いない。

「お人違いです」

そう短く答えると、子供の手を引いて歩き去ろうとする。その後ろ姿に叫んだ。

「篠塚きさ様、私は橘仁兵衛の娘の日乃出です」

足が止まった。振り返ったきさの目が大きく見開かれている。

「アイスクリンを食べて行ってください。私からのお願いです。その代わり、父のことを教えてくださいませんか。篠塚裕輔様という方は父と懇意であったとうかがいました。父の事、何か、ご存じなのではないでしょうか」

きさは小さくうなずくと、よかったら山下町の家に来てくれないかと言った。預かっているものがあるというのだ。

「菓子に関わることですか」

日乃出がたずねると、きさはもう一度、小さくうなずいた。細面《ほそおもて》の美しい人だった。勝次や純也に理由を告げて、日乃出は山下町のきさの家に向かった。


山下町は職人街で表通りには西洋人向けの家具や染色、洋服や帽子の店が並んでいる。裏手に回ると、それらの工房があり、さらにその奥には小さな長屋が連なっていた。

すぐ裏手が掘り割りの、日の当たらない、小さな部屋にきさは住んでいた。お針の仕事をしているらしく、部屋の片隅にその道具があった。

こざっぱりと片付けられた部屋で、日乃出はきさと向かい合った。仁吉は母親の背中に寄りかかっている。

日乃出は父の死とそれによる橘屋の閉店について語った。谷善次郎と百両の賭けをしていること、突然六蔵という男がたずねて来て、篠塚裕輔という侍の名前を聞いたことも伝えた。

長い話になった。

きさは時にうなずき、また時に驚いた表情を見せた。

「篠塚は仁兵衛様を心から敬愛しておりました。まずは、仁兵衛様と篠塚との関わりからお話しいたしましょう。もう二十年ほど前になります。仁兵衛様は江戸木挽《こびき》町《ちょう》にあった勝海舟の私塾、海舟書屋にいらしていました。勝先生はその後、長崎に移られ、代わりに篠塚が仁兵衛様の語学を教授することになりました。篠塚は語学の才があり、英語とフランス語が出来たのです。仁兵衛様は長崎から届いたばかりの西洋菓子の本を持ってきて、何が書いてあるのか知りたいとおっしゃいました」

裕輔の専門は兵学と航海術だから、菓子のことはさっぱり分からない。絵はほとんどなく、字ばかり並んだ菓子の本を二人で辞書を片手に読み進んだ。泡立てるとは、何をどうすることか。ボウルとは、どんな器具なのか。首をひねるばかりだった。

仁兵衛は長崎帰りのカステラ職人をたずね、実際に作ってみた。固い生地になるはずが、どろどろの液体になる。ふくらむはずが焦げてしまう。失敗が続いても仁兵衛はめげることなく探究を続けた。

「篠塚も仁兵衛様の熱意に押されて、外国の商館などに問い合わせ、西洋の料理や菓子に詳しい人を探し出し、仁兵衛様に紹介しました。時には一緒に教えを乞いに行ったそうです。実は、その頃、もう一人、懇意にしている方がおりました」

きさはそこで言葉を切ると、日乃出の顔をじっと見つめた。

「それは谷善次郎です。仁兵衛様と善次郎は深い因縁があるのです」

思いがけない名前に日乃出は驚いた。

「海舟書屋に来るのは武士がほとんどでしたから、仁兵衛様と善次郎は商人同士ということで、親しくされていたようです。でも、そのうちに仁兵衛様は善次郎と少しずつ距離をおくようになりました。善次郎とは物の考え方がまったく違いましたから」

「それは、お金のことについてですか」

きさはうなずいた。

「善次郎の目的は金儲けでした。目敏《めざと》い善次郎は鉄砲、火薬、大砲などの武器に目をつけました。外国の武器商人と各藩との仲を取り持って利ざやを稼ぐ。それだけでなく言葉巧みに人々をあおり、戦を長引かせようとした。そんなことをすれば、やがては清国のように外国の植民地にされてしまう。篠塚がそう言うと、知ったことかと怒鳴ったそうです。仁兵衛様が善次郎のたくらみをつぶしたことから善次郎は仁兵衛様をひどく恨むようになりました」

善次郎が日乃出を執拗に痛めつけようとするのには、訳があったのだ。

「私は篠塚の旅について、詳しい話は聞かされておりません。残していった手紙には、ある方からの密書を預かり、仁兵衛様と共に函館に向かうとありました。二人は商用を装っていましたが、身元が割れて白河の関で待ち伏せされたのです。仁兵衛様が身を挺して、篠塚を助けてくれたので、篠塚は役目をまっとうすることが出来ました」

自分の意見と相いれないものは、迷わず斬り捨てる。正しいのは自分。自分たちだけ。正義のためなら人を殺しても構わない。仁兵衛はそんな考えを持つ人々の手にかかったのだ。

日乃出はもう一度、部屋の中を見まわした。男のいる気配がない。役目を終えた篠塚は、どうしているのだろうか。

「篠塚様は、今、どちらに」

「函館で自害しました。最後の手紙には仁兵衛様の亡くなられた時のことも書かれていました。深い傷を負われてご自分の命の限りを悟られても、少しもあわてず、むしろ篠塚のこれからの旅のことを案じていたそうです。お嬢様と橘屋の皆さんには勝手をして申し訳ないと謝っていらっしゃったこともありました」

日乃出はうつむいた。心のどこかで予期していた言葉だった。

仁吉はいつの間にか眠っていた。

「息子には仁兵衛様の名前の一字をいただきました。武器をとって殺しあうのではなく、人を幸せにする毎日が来るようにとの願いをこめています。ほら、人はお菓子をいただくときには笑顔になりますでしょう」

篠塚裕輔は妻と幼い子供を残して、覚悟の旅に出た。いつか、そんな日が来ることを思い描いていたのだろうか。人を幸せにする人生を望んでいたのは、篠塚裕輔本人ではなかったのか。

ならば、仁兵衛はなぜ、そのような旅に出たのか。

菓子屋の亭主である父が、どうして政治に関わることになったのか。

「私もいつか同じことを篠塚にたずねました。篠塚はこう答えました。仁兵衛様は外国語を学ばれて外国の商館にも出入りした。海外の事情にも詳しく、幕府の要人とも接点が生まれた。仁兵衛様は将軍家お出入りの菓子屋の主であると同時に、見識ある外国通という顔も持たれるようになったのだ」

夜、ひっそりと仁兵衛の茶室を訪れる人々がいた。長く話し込むこともあったようだが、あれが仁兵衛のもうひとつの顔だったのか。

「篠塚は手紙と共に仁兵衛様からの書状を私に託して旅立ちました」

きさは部屋の隅の小引き出しの奥から一通の書状を取り出して、日乃出に渡した。

開くと「薄紅」の文字が目に入った。

卵白十五個分、砂糖……。仁兵衛の字で材料と作り方が丁寧に書き記されていた。

「これは薄紅の作り方……」

「ほら、ここに但し書きがあります。いつか娘の日乃出と会うことがあったら渡してくれ。代理の者が来ても渡さぬように。必ず本人に手渡してくれと書いてあります」

父は大切な薄紅の作り方を、日乃出にだけ分かる方法で残しておいてくれた。番頭の己之吉が橘屋にある外国の本や書付けを調べてみても、分からなかった訳である。

日乃出は震える指で父の字をなぞった。

馬車道の三河屋に戻ると、アイスクリンを求める客で長い行列が出来ていた。茶店の外で食べている客もいる。

純也が興奮した様子で出て来た。

「もう。あんたがいない間に大変だったのよ。音助のご贔屓が芝居の落日にアイスクリンを差し入れたいって来たの。弁天小僧菊之助にちなんで、菊の形にしろとかいうのよ。金はいくらかかってもいいって言うから、受けちゃった」

客がアイスクリンを食べた記念にと皿や匙を持って帰るので、数が足りなくなって何度も注文を出した。万国新聞の記者が来て、写真を撮って行った。景気のいい話が続く。

「だけど問題がひとつあるの。氷がもうない」

氷がなければ、話にならない。日乃出は蔵に入り、あっと叫んだ。

石垣に積みたいほどに立派だった氷の塊は跡形もない。勝次と三河屋の若者がそれぞれ氷の入った木桶を抱えてアイスクリン製造機を回している。

「本当に、もう、これだけなの」

「ああ。これだけだ。使い切った。夕方まではもたないな」

勝次が顔をあげて言った。

「ボストン氷を買ってくる」

「それも考えたが、急に言われても手配がつかないとさ」

「もったいないねぇ。こんなにお客が来ているのに」

「そうだよ。さっきざっと勘定したんだが、まだ目標の金額まで届いていない。本当の事を言えば、かなり足りない」

日乃出はうなった。せっかくここまでやって来たのに。善次郎との約束の刻限は明日だ。明日ですべてが決まってしまう。せめて夕刻まで氷が持てば。

思わず地面を蹴った。

「悔しいよ。悔しい。薄紅の作り方だって分かったんだよ。おとっつぁんは篠塚ってお侍のところに預けてくれていたんだ。これが昨日の事だったら、今朝大急ぎで薄紅を作って売れたかもしれない。一日違いだ。もう時間がないよ。結局、掛け軸は戻らないんだ」

「ちょっと待ってよ。あんた、今、なんて言ったの。薄紅の作り方が分かったの」

純也が叫んだ。

日乃出はおとっつぁんの手紙を取り出した。

「材料も作り方も、丁寧に書いてくれている」

「それ、今から作れないのか」

勝次が言った。

「今から。だってもう日が陰り始めているよ」

日乃出が驚いて叫んだ。

「だから何だ。約束の刻限は明日だろう。掛け軸が戻らなくてもいいのか。とにかく、今、やれることは何でもやろう」

「そうだよ。日乃出。あんたのおやじ様は娘が心配で作り方を届けてくれたんだよ。大丈夫。おやじ様も見守ってくれている。薄紅を作ろう。なんとかなるよ」

純也が応えた。

「百個、いや、五十個でもいい。こっちは何とかするから、純也と二人で作れ。アイスクリンを売り切ったら薄紅を売る」

三河屋で必要な材料を揃えてもらい、日乃出と純也は浜風屋に走った。

「材料は十五個分。まず、サワリ鍋を用意し、卵白を泡立てるべし」

日乃出は作り方を読み上げた。懐かしい父の字を眺めていると、どこからか父の声が聞こえてくるような気がする。鈴の音で経験したから、二人とも卵白の泡立てには慣れている。たちまち半球形のサワリ鍋の中に、白いなめらかなメレンゲが出来上がった。

「そして、この泡をつぶすように巴旦杏などの粉を混ぜていく」

せっかく作った泡に粉を混ぜて消してしまう。本当にこれで大丈夫なのかと不安になるが、仁兵衛は言葉だけの説明で分かりにくいところには図を描き、さらに細かい指示を入れている。書かれた通りに進めると、やがて艶《つや》が出て、へらを持ち上げると細くつながって、ひらひらと落ちるほどになった。それを色粉で薄紅に染めた。

「天火がなければ底の平らな大鍋で焼くべし。生地はひしゃくですくって落とすのではなく、和紙を細く巻いて生地を流し、絞るようにすればよい。途中で蓋を開けると、生地のまわりが波打っている。これが足」

「そうよ。これよ、これ。駒太のところで見た本に書いてあった通りよ。なんだ、足ってこういうことだったんだ。へぇ」

純也が感心したように言った。

仁兵衛は日乃出に語りかけるつもりで書いたのだろう。まるで、日乃出の横に立って見ているかのように、やさしく、丁寧に教えてくれる。きっと父も日乃出とおなじように「足」という言葉の意味が分からなくて困ったのだろう。和紙を使って生地を絞る方法は自分で考えたのだろうか。

父といっしょに仕事場に立ちたかった。もっといろいろなことを教えてもらいたかった。菓子作りが生きがいのように好きだった人だ。本当は生きて、菓子屋を全《まっと》うしたかったのではあるまいか。

それなのに父は旅立った。ある方とは誰だろう。密書には何が書いてあったのだ。さまざまな考えが浮かんできた。

鈴の音の時と同じように、大きな鍋に並べて蓋をし、蓋の上にも炭火をのせた。やがて甘い香りが仕事場に漂った。時を見計らって鍋の蓋を開けた。

ああ。二人の口からため息がもれた。陶器のようになめらかな肌の薄紅色の菓子が焼きあがっていた。

「これがあんたの言った薄紅かぁ。かわいいねぇ。きれいな菓子だね。鈴の音とは大違い。あんたが納得できなかったっていう気持ちが今、やっと分かったよ」

純也が言った。

網の上で冷まし、和三盆糖を煮詰めた蜜をはさんだ。

ひとつ手に取って食べてみた。表面はさくっとして中はしっとりしている。やわらかな甘さとともに巴旦杏の香りが広がった。

これが薄紅だ。仁兵衛が作り上げ、誰にもひみつにしていた菓子。橘屋のまぼろしの菓子。

とうとう見つけた。作ることができた。

文の最後は父の字で、こう締めくくられていた。

――この菓子は、パリ夫人のマカロンというフランスの菓子を参考にして、私が考案したものである。橘仁兵衛。

日乃出は父の筆跡をそっと指でなぞった。

「薄紅はマカロンって名前の菓子だったんだ」

日乃出はつぶやいた。

「マカロン、かわいい名前だね。日乃出にぴったりだよ」

純也は微笑んだ。

「こんなおいしくて、かわいい菓子を食べたのは初めてだ。フランスの菓子を参考にしたかもしれないけど、これはあんたのおやじ様が考えた菓子だ。あんたに、あんたのために残してくれたんだよ」

日乃出の顔をじっと見つめ、付け加えた。

「この菓子はあんたをはるか遠くまで導いてくれる。もっと広い、明るい世界に連れて行ってくれる。だから、後ろを振り向かず、まっすぐ歩いて行くんだよ。あたしたちも応援しているからさ」

純也の目がぬれている。

どういう意味なのだろう。たずねようとした時、純也が言った。

「日乃出、ぼんやりしてたら駄目だよ。時間は限られているんだ。夕方までに百個は焼き上げようね」

純也が新しい卵を取り出した。日乃出も薄紅を作ることに集中した。

五十個ほど焼いたとき、アイスクリンが売り切れそうだと三河屋の手代がやって来た。箱に詰めて持たせると、またすぐ別の手代が来た。アイスクリンを食べに集まった客は、薄紅も気に入って買って行くという。出来上がった傍から箱に詰め、手代が店に持って行く。日乃出と純也は日が落ちるまで働いて、なんとか薄紅百個を焼きあげ、日乃出と純也で三河屋まで運んだ。三河屋の店先には、まだたくさんのお客がいた。

最後の薄紅をお客に手渡すと、勝次が挨拶した。

「今日はありがとうございました。また、次回、お願いします」

お客から「また頼むぞ」の声があがった。おいしかった、ありがとうという声もあった。三日間、アイスクリン製造機を回し続けた勝次の手の平には豆ができ、それがつぶれて血がにじんでいる。純也も目の下にくまができていた。

お豊とお光がやって来て、ねぎらってくれた。だが礼を言わなければならないのは、日乃出達の方だ。三河屋には何から何まで世話になった。助けがなかったら、とてもここまでやることは出来なかった。

その夜、浜風屋に戻って集計した。今までお焼きや大福を売って貯めた金、アイスクリンと薄紅の売り上げ、予約の前金。ありったけの金を集めて数えた。張り紙を書いてもらった駒太への支払いは待ってもらい、氷と砂糖、その他の費用は三河屋の定吉に立て替えてもらった。

だが、それでも九十五両。

五両足りない。

あと五両。

「あーあ。そこらに五両ばかり、落ちていないかしら」

純也がふらふらと立ち上がった。

その時、扉をたたく音がした。そっと開くと、通詞の三浦がいた。

「薄紅というお菓子ですが……」

「悪かったわね。今日の分は売り切れちゃったよ」

純也が言った。

「いえ。そうではなくて、注文です。来週、山手でさる方が結婚の披露宴を致します。そのお菓子として薄紅をご用意いただきたいのです。塔のように高く積んでくださいということです」

三浦が図を見せた。高さは人の背丈ほどとある。一体何個あれば足りるのか。外国の結婚披露宴では高く積み上げた菓子を飾る習慣があるのだそうだ。

「これが前金です」

包みを開くと五両あった。手紙が添えられていた。

「今後のご活躍を祈念いたしております。沙」

勝次は何も言わず、細筆で書いた文字をじっと眺めている。

「トーマス夫人からの伝言です。いつぞやはご迷惑をおかけ致しました。私のあずかり知らぬこととはいえ、お許しくださいとのことです」

沙とは、沙和のことか。勝次は顔をあげ、姿勢を正した。

「菓子の件、確かに承りました。お二人の末永い幸せを願い、薄紅を調製させていただきます」

ついに百両が集まった。

日乃出が歓声をあげた。純也も拍手した。その声を聞いて三河屋の定吉とお豊、お光がやって来た。

「よかったなぁ」

定吉は日乃出の顔を見ると泣きだした。

「正直言えば、最初、日乃出を見た時、早く諦めて日本橋に帰ってくれねぇかなぁと思ったんだ。だって、そうだろう。大店のお嬢さんで何の苦労も知らなかった娘が、百両なんか作れる訳ねぇじゃないか。それがさ、手に血豆作って草を刈って、今度は屋台をひきたいって言うじゃないか。かわいそうで見ていられなかったよ」

「本当にそうだねぇ。よく諦めなかったね。勝次さんも純也も偉かったよ。これで明日は大威張りで善次郎のところに行けるね。大事な掛け軸を返してもらいな」

お豊が言った。

「そうだな。とにかくよかった。掛け軸が戻ったらどうするか、身の振り方を考えてあるんだろうな」

勝次が言った。

「身の振り方って」

日乃出は驚いてたずねた。

「善次郎との勝負が終わったら、もうここにいる必要はない。薄紅の作り方も手に入ったんだ。別のところで菓子の修業をするなり、菓子屋を始めるなり、好きにすればいい」

「だって、三河屋さんにも、駒太にもたくさんお金を借りているじゃないの」

「それはこっちでなんとかする」

「どうして。ここにいちゃ、いけないの」

「あんたは橘屋を再興するんだろう。だったら、いつまでも浜風屋なんかにいちゃいけない」

「そうだよ、日乃出。あんたの居場所はここじゃない。もっと広くて明るい場所に出て行くんだよ」

純也も言った。

日乃出は助けを求めるように定吉の顔を見た。だが定吉もお豊もお光も、静かにうなずいている。

明日、善次郎に会って掛け軸が戻ってきたら、日乃出は旅立つことになるのか。みんなで相談し、そう決めていたのだろうか。

「さぁ、その話は明日。今日はゆっくり休みなさい」

お豊が言った。

十、小豆粒、転がって災難に

翌朝、勝次と純也、日乃出は子安にある谷善次郎の屋敷に向かった。壮麗な白雲閣は迎賓館で、こちらは執務を行うための場所であるそうだ。見事な枝ぶりの松の向こうに海が広がる座敷で待っていると、善次郎がやって来た。

役者絵から抜け出て来たような美しい顔の左右に、分厚い耳たぶの大きな耳が飛び出している。上等の小紋の三つ重ねに黒紋付きの羽織を着ていた。

目が合った。その途端、氷をあてられたように背中がぞくりとした。

「お約束の百両でございます」

日乃出が差し出すと、善次郎は小さくうなずいた。

「ほう。ついに百両を集めたか。立派、立派」

頬をゆるめたが目は笑っていない。瞳の奥底に鬼火のように暗い炎が揺れている。

「これが約束の掛け軸だ」

脇においた掛け軸を畳にはらりと広げた。

紙いっぱいに勢いのある力強い字がとびはねている。筆はかすれ、一気呵成《いっきかせい》に書き上げたらしい迷いのない筆遣い。今筆をおいたばかりのように瑞々《みずみず》しく、力強く、やさしい文字だ。

「どうやら、この勝負、そちらの勝ちか。残念至極だ。まぁ、ずいぶん楽しませてもらったがな。お利玖も悔しがっていたぞ。あいつが怒った顔を久しぶりに見た。愉快、愉快」

まるで芝居小屋でも見たような言い方だった。善次郎にとってこの勝負はちょっとした気晴らしの一つに過ぎなかったのか。

「それにしてもいい掛け軸だ。毎日眺めていた。箱も落款もないのが惜しいな。あれば千両の値がつく」

あっさりと掛け軸を渡すと、善次郎は席を立った。

日乃出達は大切に掛け軸を持ち帰り、浜風屋の板の間に掛けた。店の戸を開けると、正面に掛け軸が見える。

「日乃出、とうとうやったね」

純也が日乃出の肩を抱いた。

「よかったな」

勝次も笑顔で言った。

「ありがとうございます。勝次さんにも、純也にも本当にお世話になりました」

丁寧に礼を言った。

「みんな日乃出の力だ。ありがとう」

勝次が日乃出の肩に手をおいた。勝次の手の温かさが伝わってきた。

「日乃出が来て、俺たちは菓子を作る意味に気づいた。菓子は人を支えるっていうのは、本当かもしれないな。忘れないよ」

まるで別れの言葉ではないか。日乃出はあわてた。勝次も純也も日乃出を追い出そうとしているようだ。

「そうだ。三河屋さんにも見せなくちゃね」

日乃出は隣に走った。


三河屋ではお光が座り込んでいた。家の中はがらんとして、いつもと様子が違う。日乃出の顔を見ると、お光は泣き出した。

「どうしたの」

「おとっつぁんが相場で失敗した。店を取られるかもしれない」

出物があったので蔵ひとつ分の小豆を買った。競争相手がいたので定吉は持ち前の負けん気を出したのだ。買うとすぐに小豆の値は上がり、調子にのって小豆をさらに買い増した。まだまだ上がると思い、借金してまた買った。

「それが、暴落した」

小豆の値が上がったのは関西の商人が大量に買い占めていたからで、天井まで来たからと一気に売り払った。定吉は大損をしたのだ。

「どうしよう……、お金が出来ないと、店も家も借金のかたに取られてしまう」

お光は泣き出した。勝次と純也もやって来た。

「いくら必要なんだ」

勝次がたずねた。

「千両」

日乃出は絶句した。桁《けた》が違う。

「金はどこから借りた。善次郎か」

勝次が重ねてたずねる。お光がうなずいた。

追いはぎ善次郎。金を貸しておいて期限までに返せないと、店も土地もなにもかも取り上げる。それが彼のやり口だ。みんな知っている。分かっていて、どうしてそのやり口にはまるのか。

「小豆の蔵の話を持って来たのは、寄りあいの仲間だった。信用している人の言葉だったから、おとっつぁんはのってしまった」

「定吉さんはどこに行っている。お豊さんは」

「二人とも、金策に走り回っている」

今日一両で買えたものが、明日は二両になっているのが、今の横浜だ。だから、ちょっと目端が利く商人は金を手元におかない。品物を買う、店を買う、土地を買う。借金しても買う。どれだけ借金ができるかが、その店の信用であるという風に思われている。だから、どこの店にも金がない。いくら走り回っても金は借りられない。蔵に金がうなっているのは、善次郎の所だけなのだ。

日乃出は橘屋が店を閉めた時の様子を思い出していた。

噂を聞きつけて、証文を持った借金取りが押し寄せてくる。取り損なってはいけないと、先を争って来て、店先で大声を出し、金があれば金を、ないなら品物を出せと言い出す。客は恐れをなして帰り、手代や職人も浮き足立つ。ついに一人が土足で店にあがり、金目のものを持ち去ろうとする。我先に他の者も続き、そうなればもう取り返しがつかない。

「お光さん、千両の刻限はいつなの」

「明後日《あさって》」

日乃出はぐっと奥歯を嚙みしめた。

「畜生。善次郎の奴、最初からそのつもりだったのね。道理で簡単に掛け軸を返してくれた訳よ」

純也がつぶやいた。

「俺たちに関わったら三河屋さんにも累が及ぶ。だから、あの時、危ないと言ったんだ」

勝次がこぶしで壁をたたいた。

だが、三河屋さんを頼らなければ氷を買えなかった。知っていて目をつぶった。

その間に善次郎は定吉に罠を仕掛けた。

どこまで卑劣な男なのだろう。

「一つだけ、方法がある」

日乃出が言った。

「どうするの」

お光がぬれた目をあげた。

「だめだよ。日乃出」

純也が袂を摑んだ。

「もう、あんたはあたし達に関わらなくていい。掛け軸が手に入ったんだから、それを持って早くここを出るんだよ」

「そうだ。その方がいい。あんたは勝負に勝った。これで終わりだ。それでいいんだ」

勝次も言った。

「どこが終わりなんだよ。全然、終わってないじゃないか。どうして三河屋さんが苦しまなくちゃならないの。私のせいでしょう。私に肩入れしたから、善次郎は罠を仕掛けた。勝次さんの時と同じじゃないの」

日乃出は地団駄を踏んだ。

「なぜ、こんなに憎むんだよ。そんなに私が憎いのか。あいつはどんな手を使っても、この勝負、勝つつもりでいる。だからあの掛け軸を千両で買ってもらうんだよ」

「買うもんかね。追いはぎ善次郎だ。そんな甘っちょろくないよ」

いつの間に戻っていたのか、お豊が立っていた。

「うまい話にひっかかったあの人が馬鹿だったんだよ。日乃出、気持ちはありがたいけど、あたし達は大丈夫だ。心配ないよ。命までは取られない。また、最初からやり直せばいいんだ」

困った状態にあるはずなのに、いつもと変わらない、明るく堂々とした態度だった。それを見た時、日乃出ははじめて浜風屋に来た日のことが思い出された。一つ屋根の下に女は泊められないという勝次をなだめ、快く二階を貸してくれた。お焼きの作り方を教えてくれた時も、アイスクリンを作る前に日乃出が不安にとらわれていた時も、お豊はいつも堂々としてやさしかった。

こんな風に強く、温かい人になりたい。

「お豊さん。私はあの掛け軸で三河屋さんの役に立ちたい。そうしなければ、ならないんです」

日乃出はきっぱりと言った。

「善次郎は私に言いました。信や忠や義という物は時代遅れだ。今は金がすべての世の中だ。おとっつぁんはその信や忠や義のために命を落としたとまで言ったんです。私は違うと言い張って、掛け軸を賭けた勝負になった。善次郎は私が掛け軸を取り戻すことも織り込み済みだったんでしょう。そして、本当の勝負をしかけてきた。私を試しているんです。掛け軸という物が大事か、信や忠や義という心が大事か。今、私が掛け軸を惜しんで世話になった三河屋さんを見捨てたら、私は善次郎と同じ土俵に立ってしまう。だから、なんとしても、千両を作らなくてはならないんです」

「分かったよ。ありがとうね、日乃出」

お豊が言った。

「それで、あんたどうするつもりなのさ」

純也が心配そうにたずねた。

「私に考えがある。純也は金型職人の所にいって、今日中に焼き印を作ってもらってほしい。私は薄紅を作るから」

日乃出が紙に焼き型の模様を描いた。その模様を見た勝次は低くうなった。

「お前、この印は……」

日乃出は黙ってうなずいた。

十一、秋風一夜百千年の蜜の味

早朝、夜が白々と明ける頃、日乃出は駕籠に乗り、横浜を出て駿府《すんぷ》に向かった。脇においた蒔絵の重箱には薄紅が入っており、その隣には掛け軸がある。

夕方、徳川家の菩提寺である宝台院に着くと、警備の男に案内を乞うた。

「江戸の菓子司、橘屋の仁兵衛の娘で橘日乃出と申します。慶喜様にお目にかかりたい」

「なんだ、橘屋だと。どんな用だ。約束でもあるのか」

男は横柄な態度で言った。日乃出は蒔絵の重箱を差し出した。

「この菓子は橘屋の証でございます。慶喜様の元にお届けくださいませ」

男は門の中に消え、しばらくして院内に呼ばれた。

五葉松を描いた座敷で徳川慶喜は待っていた。大政奉還で将軍職を辞した慶喜は水戸での謹慎の後、宝台院に移っていた。

「久しぶりに橘屋の薄紅を食べた。三葉葵の焼き印もよく残してくれたな。昔のことをあれこれと思い出したよ」

慶喜はのんびりとした様子で言うと、横に控える若い僧が微笑んだ。

徳川家の家紋の三葉葵を表した焼き印が、日乃出の手元にあるはずもない。純也が金型職人に頼み込んで半日で作ってもらい、薄紅のひとつひとつに押したのだ。蒔絵の重箱は納戸で見つけた。

「薄紅とはめずらしい菓子でございましたね。私ははじめていただきました」

僧が言った。

「橘屋の亭主が考えた物だそうだ。あの男は外国の菓子についても、よく調べておってな。いろいろな菓子を食べさせてもらった」

慶喜は洋風の菓子が好みだった。卵や牛乳、バターをたっぷりと加えた焼き菓子も喜んだ。

「それで、私に何か用かな」

日乃出は掛け軸を取り出した。

「この掛け軸を千両で買ってほしいのです」

「千両。そりゃあ大金だ」

僧が立ち上がり、床に掛け軸を掛けた。

「いい字だな。秋風一夜百千年。一休が好んで書いた言葉だ。字も一休の手になるものか」

「橘屋では代々、そう伝えております。私の曽祖父である初代が最初の店を出す時に、菩提寺の住職が渡してくれたそうです。以来、橘屋はこの言葉を信条として守ってまいりました」

「惜しいな、落款がない。箱もないのか」

「はい」

一休の書だという証になるのが、落款や箱だ。

「ふん。秋風一夜百千年。どういう意味か知っておるか」

「菓子は人を支えるという意味だと聞いておりますが、詳しいことは……」

慶喜はうれしそうに笑った。

「素直に解せば恋の言葉だ。あなたと過ごす一夜は、百年、千年の価値がある。だがいつか、仁兵衛が言っておったぞ。子供が生まれたり、大事な役職についたりと、誰にも忘れられない特別な一日があるものだ。その一日を彩る菓子屋でありたい。菓子の味が幸せを二倍に、悲しみを半分にすることができたらうれしい。そんな菓子を作りたい。そういう菓子屋になりたい。この掛け軸の言葉はあの男の願い、そのものだな」

遠い日に思いを馳《は》せるように掛け軸を眺めていた。

「父がお目通りしたことがございましたでしょうか」

「ある。一度だけだが。仁兵衛には頼み事をした。聞いておるか」

「はい。少しだけ」

「私の手紙を持って函館の榎本武揚のところに行ってもらったんだ」

やはり、そうだったのか。篠塚裕輔と仁兵衛に密書を託したのは、徳川慶喜だった。

「徳川の敗色が濃くなった時だ。エゲレスやフランスに一歩遅れをとったプロイセンが会津に近づいておってな、蝦夷地を渡すというのと交換に、軍艦と銃を渡す、兵隊も貸すなんぞと言ってきた。よもやプロイセンの甘言にのったらことだ。本当に日本は割れてしまう。そうなったら外国勢の思うつぼだ。函館の五稜郭《ごりょうかく》にいる榎《えの》本武揚《もとたけあき》に思いとどまるように手紙を書いた。問題は手紙を届ける使者だ。そこで仁兵衛に白羽の矢が立った。菓子屋の亭主というのは表向きの顔で、じつは外国の事情に通じた学者ということでも知られていたし、榎本とも面識があった。だが旅の途中、白河の関で死んだと聞いた。気の毒なことをした」

大きなため息をついた。

「けれど手紙は榎本武揚に届いたのでございましょう」

僧がたずねた。

「ああ。供に旅立った男が函館に到着した。榎本は分かってくれた」

仁兵衛の旅にはそんな意味があったのか。日乃出は心にかかっていた疑問が溶けていくのを感じた。

「私自身はおめおめと生き残っているくせに、お前達は戦に負けてくれ、函館で死んでくれって手紙だからね。無事函館に行きついたとしても生きては帰れまい。嫌な役を押し付けた。私はそんなことばかりしてしまった。だから仁兵衛のためなら千両でも、万両でも都合してやりたいが、今の私にはもう何もない。外に出ることもままならない謹慎中の身だ」

別の僧が新しい茶を運んで来ると、慶喜はもうひとつ、薄紅を食べた。懐紙に包んで僧に渡し「これが私の言っていた薄紅だよ。こういう菓子があるんだ」。

僧が出て行くと、掛け軸をしみじみと眺めた。

「菓子は人を支えるか。その通りだな。菓子にしか出来ないことがある。甘い菓子は人を癒すんだ。楽しい思い出につながっている。久しぶりに薄紅を食べたら、はじめて公方様と呼ばれた日のことを思い出したよ」

慶喜は低く笑った。

「あんなに恋い焦がれ、夢にまで見た将軍職だったが、思いのほか居心地はよくなかったな」

遥か遠くを見る目になった。その時、公家らしい男が姿を現した。

「ああ、そうだ。いい時に来てくれた。この娘が軸を売りたいと言っておる」

男は顔を近づけて、仔細に眺めた。

「一休の言葉ですな。秋風一夜百千年」

「菓子は人を支えるという意味だ。この娘がそう言っている」

男はほほと笑った。

「薄紅はおいしゅうございました。ここでこうして、また、この菓子をいただくとは思いませんでした。これも何かの縁。百年千年からの約束であったのかもしれませんな」

「そうだろう。その縁で悪いがひとつ、頼まれてほしいことがある。箱書きをしてほしい」

「一休の真筆であると」

「さすが話が早い。箱ならたくさんあるんだ。江戸城を空けるのがあんまり急だったからなぁ。水戸からこちらに移って荷を解いてみると中身が違っていたり、空だったり。大事にしていた、いいものがほとんどなくなった」

「それは残念なことで。その空箱の中に、一休のお軸の箱もありますか」

「ある。捨ててしまえと言ったんだが、女たちがもったいながってな」

「それは、そうでございましょう。箱は中身の証書のようなものですから、箱がなければ価値は半分になってしまいます」

日乃出は黙って二人の会話を聞いていた。しばらくすると、僧が古い木箱を持ってきた。掛け軸をはずして巻き上げ、箱に納めるとぴったりの大きさだった。

「さすがでございますな。誂えたようです」

男は鷹揚《おうよう》に笑って筆をとったが、その手を止めた。

「ところで、この軸はどなたにお売りになるおつもりですか」

「谷善次郎だ。あいつなら買うだろう」

日乃出は思わず顔をあげた。ここでも、また善次郎の名前が出た。

「なんだ、善次郎を知っておるのか」

百両を賭けた勝負の話をすると、渋い顔になった。

「そうか。そんな訳があったのか。じつはな、プロイセンの仲立ちをしたのは善次郎だ。善次郎は仁兵衛に儲け話をつぶされているんだ。執念深い男だ。それこそ百年千年たたってやろうと思っているぞ。痛めつけられたか」

日乃出は小さくうなずいた。勝次や定吉まで巻き込んで、執拗《しつよう》に追い詰めてきた理由はそこにあったのか。

「そうか、しかし、因縁の掛け軸をあやつにやるには口惜しいなぁ。何かいい知恵がないか」

「では、交換ということになさればよいのでは。この軸は殿がお持ちになり、代わりの軸を用意する。私はそちらの箱書きを致しましょう。横浜に知り合いがおりますから、その男を通して善次郎に買わせるのです」

「なるほど。なるほど。それは名案だ。いやいや、それではそなたに悪い。まがい物に箱書きさせたことになるだろう。当代一の目利き《めき》の名が廃《すた》る」

「なんの。なんの」

男は大きな声で笑った。

「私《わたくし》など目利きでも何でもございません。所詮、『のようなもの』。ついでに言えば、善次郎も『のようなもの』。あやつこそ、茶人でも、商人でもありません。強《し》いて言えば、追いはぎ」

「そうだったな。ならば、こうしてここに座っている私も『のようなもの』か。面白い、面白い」

子供のような笑顔を見せると、日乃出に言った。

「よし。一休の掛け軸はこちらの手元に置こう。別の掛け軸を用意するから、それを善次郎の所に持って行く手筈を調《ととの》えよう。私が千両の値をつけたと手紙も書いてやる」

箱書きをすませると、慶喜は僧を呼んで言った。

「この娘が横浜まで帰るそうだ。大切な荷物を持っているから、一人では心もとない。だれか信用のできる者をつけて横浜まで送ってやれ」

日乃出は丁寧に礼を言い、宝台院を辞した。

駕籠から外を見ると、夕焼けが空を鮮やかな茜色に染めていた。鳥たちの黒い影が空を横切って行く。遠くの山影は早くも藍色に沈み始めていた。

日乃出はその光景に見入った。

仁兵衛について思いがけない話を聞かせてもらった。父は自分の信ずることのために命を落とした。それは橘屋や日乃出の未来よりも重いものだった。

日乃出は父を誇りに思った。そして薄紅を伝えてくれたことに感謝した。薄紅が徳川慶喜に会わせてくれた。父は誰よりも菓子の力を信じていた。いつか父のような菓子職人になりたい。日乃出は沈みゆく太陽に誓った。

その後、掛け軸は横浜の美術商が谷善次郎に千両で売り、代金はそっくりそのまま日乃出の元に届けられた。こうして三河屋は危うく倒産の憂き目をのがれることができた。

日乃出は浜風屋に残り、勝次や純也とともに働いている。

浜風屋
こぼれ話
お光のひとり言

みなさん、こんにちは。

三河屋のお光です。

今日は、みなさんにお焼きのつくり方をお伝えしたいと思います。

お焼きはおとっつあんとおっかさんのふるさと、信州のおやつです。だから、私は子供のころから食べています。

おっかさんのお焼きは皮がもちもちしてて、とってもおいしいんです。中に入れるのはきんぴらでも、なすの炒め物でも、高菜漬けの炒め物でもなんでもいいんですよ。うちでは、昨夜の残り物を入れるので、干物とか、芋の煮っころがしが入っていることもあります。

お焼きは気取らない料理だから、おっかさんは日乃出ちゃんたちがお焼きを売ると言い出したとき、とてもびっくりしました。

「だって田舎のおやつだよ。お客さんに出すもんじゃないんだよ」って心配そうな顔をしました。

でも、私が「大工さんや石工さんたちが小腹が空いたときに食べるんだって」と言ったら、「ああ、そんならいいね」って納得して、それからすごく張り切っていろいろ準備をしてくれました。

思った以上にお焼きはたくさん売れて、里の味が喜ばれたおっかさんはうれしそうでした。

「お焼きというものがあると教えてくれたのはお光ちゃんだね。おかげでたくさん売れたよ。ありがとう」って、後になって勝次さんに言われました。私は本当によかったなと思いました。

そもそもお焼きはおとっつあんとおっかさんの思い出の味でもあるんです。

おっかさんは若いころ、鶴見宿の旅籠《はたご》で女中をしていました。そのころ、おとっつあんは乾物屋の奉公人で、その旅籠に注文を取ったり、届けに来たりしていたんです。

おとっつあんはおっかさんの顔を見ると、とってもうれしそうな顔になって、いろいろ話しかけるんです。女中さん仲間が「あの人は絶対、あんたに気があるよ」って噂するようになりました。おとっつあんが来ると、みんなさっと隠れてしまって、おっかさんに相手をさせるんです。

おっかさんは「やだ、あの人。もっとすっとした鼻の人がいい」って思っていました。おとっつあんには内緒なんですけど、そのころ、おっかさんには憧れていた人がいたんです。旅籠に来るお客さんで、役者みたいに男前で声もいい。

おっかさんだけじゃなくて、女中さんたちはみんなその人のことが大好きで、やって来るのを心待ちにしていました。みんな我先に話しかけるんだけど、おっかさんは恥ずかしくてそういうことができない。胸がどきどきして苦しくなってしまう。

いつも誰かの陰に隠れて見ていました。

そんなわけで、おとっつあんのことは全然頭になかったけど、おとっつあんが来るとほかの女中さんたちはおっかさんを呼ぶし、おとっつあんも心待ちにしているのが分かるのでしかたなしに相手をしていたんです。そのうちに里が近いことが分かって——山ひとつ向こうの村だったんです——お祭りとか、盆踊りとか思い出をしゃべるうちにだんだん親しくなっていった。

ある時、おとっつあんがお焼きが食べたいって言ったので、おっかさんがつくってあげることになりました。

給金で粉となすを買ってきて、夜、仕事が終わってから厨房の隅を借りてつくりました。

お焼きをつくっていると、にこにこ笑いながら食べているおとっつあんの顔が浮かんで、なんだかとっても幸せな気持ちになった。

「あれれ。もしかしたら、私、あの人のことが好きなのかしら」

そう思ったら急に胸がどきどきして、顔が赤くなった。

できあがったお焼きを食べてもらったら、それはもうおとっつあんは喜んで。それを見ていたおっかさんもうれしくなった。

それからいろいろあって二人はいっしょになり、店を辞めて横浜に出て来て、乾物を商った。最初はぼてふりだったけど、二人は一生懸命働いたし、横浜はどんどん人が増えてきたから商いもうまくいった。店を構え、私が生まれ……といいことが続きました。

今も二人はとっても仲良しです。

純也さんは「誰かを好きになると耳元で鈴が鳴る」って教えてくれました。本当に好きな人は一生に何人も現れないから、鈴が鳴った相手は大事にしなくちゃいけないんです。

これからはひみつの話です。

私も鈴が鳴ったことがあります。

相手はもちろん勝次さんです。

男らしくてすてきな人だと思うでしょう。

でも、おとっつあんは「あいつはお侍だからなぁ。商売には向かない」って嫌な顔をするし、おっかさんも「あんたとは合わないんじゃないのかい」って首を傾げるんです。

純也さんは「まぁ、好みは人それぞれだから」って笑うし、日乃出ちゃんなんか「顔が仁王様だよ」とまで言うんですよ。

そりゃあ、眉も太いし、あごもえらが張っているけれど、笑うとやさしいいい顔になるんです。みんなちゃんとそういうところを見てほしいわ。

まぁ、肝心の勝次さんは今は浜風屋のことで頭がいっぱいだと思います。
だけど、おとっつあんだって最初はおっかさんに相手にされなかったけれど、ずっと真心を伝えたから、今がある訳でしょ。私も、こつこつと真心を積み重ねていくつもりです。

あ、ごめんなさい。
自分のことばっかりしゃべってしまいました。
お焼きのことでしたよね。

お焼きの材料とつくり方

材料（8個分）

お焼きの皮
強力粉……150g
薄力粉……150g
塩……少々
熱湯……200㎖

具（なすのみそ炒め）
なす……3本
油……適量
みそ……大さじ3
砂糖……大さじ3
赤唐辛子……少々
ほかに油、打ち粉各適量

つくりかた

❶ ボウルに強力粉と薄力粉、塩を合わせる。熱湯を注ぎ、へらなどで全体を混ぜる。
＊熱いからやけどしないように気をつけてね。

❷ 打ち粉をふった台に取り出し、全体がなめらかになるまでこねる。ボウルに入れ、ラップをかけて20分ほどおく。

❸ その間に具を用意する。なすは半分に切ってから斜めの薄切りにする。油で赤唐辛子といっしょに炒め、蓋をして少し蒸し焼きにする。みそと砂糖を加えてざっと炒める。

❹ 生地を8等分して、具を包む。平らに丸く伸ばして汁気をきった具をのせて、四方の端をひっぱって包む。

❺ フライパンに油をひいて❹を並べて上下に焼き色をつける。

❻ 蒸し器で10分蒸す。

汁気をよく切ってね。少し穴が開いていても焼くとふさがるから大丈夫。

本書は二〇一四年六月にポプラ文庫より刊行された作品に
加筆・修正を加えた新装版です。
「浜風屋こぼれ話　お光のひとり言」は書き下ろしです。

浜風屋菓子話
日乃出が走る〈一〉新装版

中島久枝

2020年5月 5 日　第1刷発行
2020年6月27日　第3刷

発行者　千葉 均
発行所　株式会社ポプラ社
〒102-8519　東京都千代田区麹町4-2-6
電話　03-5877-8109(営業)　03-5877-8112(編集)
ホームページ　www.poplar.co.jp
フォーマットデザイン　bookwall
校正・組版　株式会社鷗来堂
印刷・製本　中央精版印刷株式会社

N.D.C.913/316p/15cm　ISBN978-4-591-16694-9

P8101404

ポプラ文庫好評既刊

食堂かたつむり

小川糸

同棲していた恋人にすべてを持ち去られ、恋と同時にあまりに多くのものを失った衝撃から、倫子はさらに声をも失う。山あいのふるさとに戻った彼女は、小さな食堂を始める。それは、一日一組のお客様だけをもてなす、決まったメニューのない食堂だった。巻末に番外編収録。